# 雲南の流罪僧

柄戸　正
KARATO TADASHI

一般財団法人
アジア・ユーラシア総合研究所

目次

# 一　明使来《きた》る

南北朝時代の応安二年（一三六九）二月末、二つの大きな赤い帆に風を受けた異国の船が壱岐《いきの》島《しま》の沖合に現れた。春霞を通して帆柱に翻る赤い幟は、空に舞う竜のようであった。するとその船めがけて数隻の関船が追走を始めた。関船とは帆と櫓を備えた船足の速い戦闘船のことである。関船の櫓《やぐら》の上には髭面の男が太刀を肩にかつぎ、水手と呼ばれる漕ぎ手の男たちを指揮していた。その男の着ているものは赤い女物の単衣《ひとえ》で、その裾は船風にもてあそばれていた。横には八幡大菩薩の旗が翻っている。先頭の関船が怪しい船に近づき並走を始めると、船縁《ふなべり》には弓を構えた男たちが立ち並んだ。男の右腕が弧を描くと矢が一斉に放たれ、異国の船の帆に突き刺さった。その船は帆を下ろして速度を落とした。やがて船の櫓《やぐら》に現れたのは一人の日本人僧であった。

「この船には明国の使者が乗っており、大宰府に向かう途中にて、戦船《いくさぶね》ではござらん」

髭面の太刀を担いだ男が言った。

「その証拠は」

やがて明の官服と思しき朱色の衣装を身にまとった男が現れた。頭には大きな黒い冠を被っていた。関船に向かって恭しく一礼して言った。

僧はその言葉を日本語にした。

「我らは明皇帝から大宰府の宮に派遣された使節。どうか我らを先導下され」

明国船は一隻。関船に取り囲まれては手も足も出ないことは明らかである。髭の男はそれが事実であろうと素早く判断した。それは彼自身が船長《ふなおさ》として朝鮮半島の高麗国や、大陸の山東半島沿岸にしばしば遠征していた経験によった。

「よかろう。わが船に付いて参れ」

やがてこの船群は志賀島《しかのしま》と能古島《のこのしま》の間を抜け、博多津の沖に至り、明船は停船を命じられた。先頭を走って来た関船が岸壁に向かって漕ぎ寄せると、船長の姿を見つけた大勢の手下の男たちが駆け寄ってきた。岸に上がった男は一人の若者に向かって言った。

「あの船には明の使いが乗っておる。大宰府におわす征西将軍宮《せいせいしょうぐんのみや》、懐良《かねよし》親王に急ぎ知らせて参れ。日本人の僧も一緒に乗っておるが、沙汰あるまで上陸はさせず船に留め置く、とな」

若者はすぐさま馬に飛び乗り、大宰府の征西府館に向かって走り出した。

大宰府征西府館では知らせを受けた懐良親王が、側近の五条良遠《よしとう》と菊池武光と共にこの事態にどう対処すべきか話し合っていた。

「松浦党水軍によれば、大陸では元が倒れ、朱元璋《しゅげんしょう》なるものが明国を打ち建てたという。そこで早速我が国に使者をたてたということか」

上段の懐良親王は前に座った二人に語り始めた。被っている烏帽子《えぼし》が左右に動き、鋭い眼差しが輝いていた。親王の容貌だけでなく大きな体全体が百戦錬磨の武将を彷彿とさせた。僅か十歳の時に比叡山を下り、父の後醍醐天皇の君臨する吉野山を目指した。そこで命じられたことは征西将軍宮として九州に向かう任務であった。最終目的は南朝政権確立のため北朝勢力が優勢な九州を平定することである。艱難辛苦、あれから既に三十年の日々が過ぎていた。大宰府を占領してようやくその目的の実現に大きく前進した時であった。

菊池武光は警戒心を露に言った。

「牧宮《まきのみや》様、元が我が国に朝鮮経由で使節を派遣して来たのはまさに百年前。やがて元が攻め寄せたことは今になっても民の心に大きな傷跡となって残っておりますぞ。文永と弘安の役では九州北部は蹂躙され、我ら九州武士の祖先は命を懸けて戦ったのでござる。そもそも日本全国を二分した今日の争いの元凶は二度に渡る元寇のもたらしたもの。元を倒した明とて敵と思わねばなりませぬ。使者と対面することなどもっての外《ほか》でござる」

征西府の武将、菊池武光は大宰府に君臨した少弐頼尚《しょうによりひさ》を追い払った猛将であった。しかも親王が九州に来て以来の忠臣であり、親王を幼名の牧宮と呼び慣れていた。その言葉には勇猛な武士を束ねる勇者の重みがあった。

その言葉を受けて五条良遠《ごじょうよしとう》は反論した。

「さりながら、古《いにしえ》より、大宰府は京の権威に代わる西の都であった。ここに君臨する君は日本国の権力者と、明皇帝も知って使者をたてたことは明らか。明との国交を開くまたとない機会とは思いませぬか」

良遠の亡き父、頼元《よりもと》も懐良親王の側近であった。親王が征西宮に任命されて以来、伊予の忽那《くつな》島を経て九州の薩摩に上陸、今日の征西府に至るまで苦労を共にしていた。しかし頼元はもはやこの世にはなかったが、父子の理想はいつの日か京の都に上り天下を治めることであった。

武光は反論した。

「かつて文永、弘安の役では元の意図はわが国を臣従させることにあった。時の執権、北条時宗公が使者を成敗したのはわが国の矜持というものであった。こうして我らが命を懸けて北朝軍勢と戦う現実も、元の侵略戦がもたらしたものでござる」

武光の言い分は正しかった。元への恨みこそ今日の松浦党波多を筆頭に、各地の水軍が朝鮮半島を襲う海賊行為の原動力ともいえた。元が三度日本を襲撃する恐れもあった。その造船基地を破壊して野望を未然に防ぐという目的もあった水軍。しかし大陸との交易がもたらす利益は計り知れないことも事実であった。南北朝の騒乱の中で、貿易を統制する権力者は不在であった。大陸との間に船を自由に扱い往来できる水軍が、朝鮮半島や山東半島で交易のみならず数々の狼藉を働いていたことも認めねばならない。

二人の意見は嚙み合わないまま最後には懐良親王の判断を仰ぐことになった。

「明船が大宰府に来たことは、朱元璋なる者も我が国の実情について良く知ってのこと。まずは使者を呼び、その言い分を聞いてみることとしようではないか」

武光も更に反論することは差し控えた。


征西府館の中庭は周囲を築地塀で囲まれ、館の正面に階段が設けられていた。左右には桜と橘の木が植えられている。階段の上に大きな庇が張り出し、その奥には金色の屛風を背にして懐良親王と側近が並んだ。明国の使者は七名であった。前列に二名、後列に五名が恭しく一礼した。明の貢物も中庭に運び込まれ、朝の日差しを受けた金色の箱は皇帝の威光を放っているようであった。

前列の二人と少し離れて若い僧が跪いた。身につけている黒い僧服が禅林で修行する日本人僧であることを表していた。背丈が高く、若い割には堂々としている。やや細面の顔立ちに太めの眉、切れ長の目は利発な印象を与えた。年は二十歳、僧でなければ武者といった風情である。

「某《それがし》は斗南永傑《となんえいけつ》と申し、元の時代に渡海してより明州《めいしゅう》（現在の寧波）の阿育王寺《あいくおうじ》にて修行の日々を過ごす者。ここにおられるのは明国使節主席の楊載《ようさい》殿、その隣が副使の呉文華《ごぶんか》殿でござる」

その言葉を受けて五条良遠が開口一番質問した。

「さて、明国の使節に日本人僧が同行するというのはいかなることであるかな」

斗南はその言葉を二人に伝えた。

楊載は答え、斗南は通訳する。

「昨年の十一月、皇帝は日本への使者を派遣。しかし日本の海域で海賊に襲撃され、使者は殺され国書は毀溺《きでき》してしまいました。そのため確実に日本に到達する手段として日本人僧を同行させました」

五条良遠が納得したように大きく頷いた。

「なるほど。こちらにおわすのが懐良親王征西宮でござる。そしてこちらが菊池武光殿、まろは五条良遠でござる」

明使はゆったりとした官服を身にまとい、楊載が深々と一礼すると他の六名もそれに倣った。

やがて楊載は持参した金色の文箱に納められた、明皇帝の璽書《じしょ》を取り出した。皇帝印が押されている国書を楊載が読み上げると、斗南は間違いのないように慎重に日本語で説明を加えていく。

「わが国の皇帝は正義を重んじ無法の者を憎む。宋王朝が滅んだ後に北夷の元がその版図を支配することとなり、その特異な習俗を持ち込み、国土を混乱させるに至った。これを憤らぬ者は一人もおらず、中原では反乱が相次ぐ騒乱状態が続いた。日本の盗賊が山東に来航するのも、元の衰退に便乗するためである。朕はこの国に生まれ、先祖より受け継いだものを再興、元王の辱めを雪《そそ》ぐために軍を起こし、元を掃討した後、天子としての務めを果たして以来二十年になる。昨年には北方の蛮族を屈服させたものの、周辺諸国の平定には至っていない。

最近の山東からの報告では、日本兵が海岸に襲来して住民を連れ去るとともに殺戮と略奪を繰り返す。国書を持って明の建国を伝えるとともに、日本は侵攻をやめ、使節を明の宮廷に送ることを命ずる。我が国の忠臣として自らの国を固め、天道を歩むべきである。もし事態が改善せず、略奪行為が治まらない場合には、朕は水軍を起こして島々に押し寄せ、盗賊を絶滅、国王を捕縛するであろう。天に代わって無法の者を討伐する覚悟である。国王は謹んでこの命に従うべし」

国書の内容を聞いた懐良親王はじめ全員の表情に動揺の色が走った。誰も口を開く者はいない。しばらくして意をただした五条良遠が言った。

「確かに明の国書は承った。本日はこれまでといたす。征西府としての対応を協議いたす故、追って沙汰あるまでお待ちいただきたい」

斗南が深々と一礼すると使節全員もそれに倣った。斗南が先頭に立ちあがり、館の中庭を後にした。

案内の者に導かれ、征西府館を後にした使節一行が着いたのは博多津に近い聖福寺《しょうふくじ》であった。ここは日本の禅宗の開祖栄西によって建立された、日本で初めての禅宗寺院である。広大な敷地は源頼朝が下賜したもので、境内は七堂伽藍が立ち並ぶ堂々とした風格があり、明使は本国の禅宗寺院に勝るとも劣らぬ威容に驚きの色を隠さなかった。楊載と呉文華には個室が、その他の者には大部屋があてがわれた。斗南には楊載の隣の小部屋が用意されたが、何かにつけて明使の付き添いという役目上の配慮であった。上陸が許された明船の乗組員も既にその寺に収容されていた。しかし境内から外に出ることは許されなかった。

日本に伝えられた禅の教えは新しい仏教であった。書物はすべて漢語で書かれており、経典を学ぶにしても漢語の知識は不可欠であった。聖福寺の見習い僧の雲水はじめ僧侶には、漢話（中国語）での修業が義務付けられていた。この禅林にいる限り、明使一行にとって言葉の不自由を感じない自国の世界であった。明使の部屋から見事な枯山水の庭を眺めることができた。日本に来て任務を果たせるか不安な日々を過ごす者には、心和む故郷の風景であったに違いない。

九州に襲来した元寇による悪夢の歴史にもかかわらず、禅を学ぶ日本僧が目指したのは長江（揚子江）の南、江南の地であった。そこは滅亡した南宋の中心地であった。聖福寺には若い、好奇心に溢れた秀才が多く学んでおり、斗南もその一人だった。この寺の住持、頑石曇生《がんせきどんしょう》は斗南に非凡な才能を見出し、明国での修業の機会を与えた。その斗南が早くも帰国の機会を得たことになる。斗南にとってはこの寺には顔見知りが多かった。昔話に興じる時間などはなかったが、作務《さむ》の合間に交わす短い言葉にはなつかしさに溢れたものが多かった。そこで学ぶ若い僧たちには、一度は行ってみたい海の向こうのことを少しでも知りたいという好奇心に溢れていた。

境内には数多くの藪椿《やぶつばき》があり、今を盛りと赤々とした花が咲き競っている。一本の木から色とりどりの花を咲かせる不思議な椿があった。この寺の者はこれを五色椿《ごしきつばき》と呼んで大切にしていた。枝ごとに異なる色の花が咲き、赤あり白あり、絞り模様さえある。この五色椿が植えられていたのは住持の住まいのある方丈の庭であった。

祖師と呼ばれている頑石が、明使と対面していたのは方丈の接客の間であった。懐良親王との会見を終えた楊載と呉文華は、ひとまず肩の荷を下ろしたもののその結果に大きな不安を感じていた。緊張した面持ちの二人に椅子と卓が用意され、そこには茶道具が揃っていた。頑石は明使に茶を勧めながら言った。

「喫茶去《きっさこ》」（お茶をおあがりなさい）

この一言で楊載の強張った表情から微笑みがこぼれた。

「趙洲《じょうしゅう》の公案ですな」

そばに控えていた斗南はこの問答について明州阿育王寺で学んだことを思い出した。趙洲とは唐時代の禅僧であり、訪ねてきた僧に、以前ここに来たことがあるかと尋ねた。僧が来たことがないと答えると、「喫茶去」と言った。別の僧が訪ねてきた時、趙洲は同じことを聞いた。するとその僧は来たことがあると答えた。趙洲はまた「喫茶去」と言った。その禅寺の者が趙洲に、来たことがあってもなくとも同じ答えなのはどうしてなのか、と問うた。すると趙洲は「喫茶去」と答えた。

斗南にはこの公案の意味することはさっぱり理解できなかった。しかし頑石と明使のやり取りを見て、なるほど、茶を勧めるという行為には何と深い意味があることか、少しは解ったような気がした。

頑石も微笑みを返して言った。

「開祖栄西は『喫茶養生記』を著しておりこれは当山の茶畑で採れたものでござる」

自慢の茶は馥郁《ふくいく》とした味わいがあった。

楊載は外の五色椿に目を向けながら、

「見事な茶花（椿）ですな」

「椿も茶も同類、この地が生育に合っておるのであろう」

今を盛りと咲き誇る椿が心を落ち着かせたのは明使だけではない。斗南も心の緊張が解きほぐれるのを感じた。斗南が生まれ育ったのは五島の奈留島《なるしま》で、椿の島としても知られていた。物心ついてより椿はいつも身近にあって、それを見ているとここ数か月の波乱に満ちた日々の緊張さえ一時にせよ忘れることができた。


明使一行が聖福寺に落ち着いたころ、征西府館では懐良親王はじめ主だった重臣がうち揃い喧々諤々の議論を展開していた。その中で最も保守的な菊池武光は攻撃的な持論を展開していた。

「明の国書が言わんとすることは、臣従せよという単純明快なことではないか。聖徳太子以来、日本が首尾一貫して堅持した大方針に照らせば、拒絶以外の選択肢はありえない。文永、弘安の時と同様、今回も使者を成敗することが我らの答えでござる」

武光の主張は以前と全く同じ論旨であり、妥協の余地は全くない。

五条良遠は言った。

「大保原《おおぼばる》での戦に勝って、九州探題の少弐頼尚《しょうにょりひさ》を大宰府から追放して以来、征西府の政《まつりごと》は懐良親王の手にある。されば明との外交も同じでござろう。明の使節が大宰府を目指してきたことは、親王が吉野におわす天皇の意を受けていることを知ってのこと。軽々しく結論を出すべきではござらん」

そのころ後醍醐天皇は既に世を去られ、懐良親王の兄である後村上天皇が南朝に君臨していた。外交の決定を征西府にて親王が下すことは容認されていた。しかし大宰府に覇を打ち建てたとはいえ、薩摩の島津氏や豊後の大友氏は完全に服してはいなかった。日本全国が北朝と南朝のどちらに与するかで二つに割れた争いが繰り広げられていた。このような状況の中で、明国に対していかなる結論を下すか容易に決められるわけがなかった。

しかし朝鮮や山東に繰り出す倭寇と呼ばれる波多水軍は懐良親王の指揮下にあった。九州支配の財政的裏付けは水軍の海賊行為によってもたらされたものが多かったと言っても過言ではない。それを簡単に禁止することはもとよりできない相談である。しかし明の要求を拒否すればまた元寇のような大戦争が引き起こされる可能性はある。

集まった重臣の中に一人目立つ男がいた。征西府館での会議であれば一応他の者と同じ狩衣を身に着けていたとはいえ、その日焼けした顔と伸ばし放題の顎鬚《あごひげ》は一目で海の男であることが知れた。波多武《はたたけし》である。明使の船を壱岐島沖で捉え、博多に導いて来た関船の船長である。北九州の政治的混乱によって集まった無頼漢を束ね、朝鮮や山東半島にまで出かけ通商の傍ら、盗賊にも変貌する倭寇の頭目のひとりである。

懐良親王は気心の知れた眼差しを波多武に向けて尋ねた。

「おぬしの働きはよう分かっておるが、かの地を荒し回っておるのは他にもおるのではないか」

「さよう。いかにわが手の者が一騎当千とはいえ、知らぬ土地では地元に詳しい者の協力が必要でござる。聞くところによれば朱元璋なる者が、元との戦いに勝利して明を打ち建てたことはまこと。さりながら、方国陳《ほうこくちん》と張至誠《ちょうしせい》なる頭目がいまだに降参した分けではござらん。我らはこれらの配下にある船長と組んでの共働きのことが多ござる」

親王はその言葉を聞いて言った。

「されば明国の統一はまだ完全とは言えないことになる。反抗勢力と組むことは我が方の利が多いのが実情。明に直ちに臣従するなど、どう考えてもできることではない。しかし先のことを考えれば……明の力を我が味方にすることはできないか。明の後ろ盾を得ることができれば、征西府の権威が飛躍的に大きくなる可能性はある」

予期せぬ発言に一同はざわめいた。

良遠は頃合いとみて言った。

「今日の長い評定の場はここで一旦打ち切ろうと存ずる。ただ今の牧宮様のお考えを良く吟味していただきたい。近いうちにまた沙汰をいたす」

それから数日後、征西府館の広間には再び重臣たちが集合した。一人だけ初めて列席する人物がいた。頑石曇生であった。菊池武光はじめ各々が持論を開陳したが前回の主張と大きく変わった点はなかった。そこで最後に懐良親王は頑石の意見を求めた。

「我ら禅の道に志す者の目指すは、悟りに至ること。座禅修業はそのためでござる。扶桑《ふそう》（日本）であれ明であれ、一向に構わぬ。されど、かの地での禅宗の歴史はわが国とは比較にならぬ厚みがある。聖福寺の開祖栄西は『興禅護国論』を著して、禅の普及に努めたことは多くの者の知るところでござる」

ここで頑石は一息ついた。

「遣唐使が途絶えたのは菅原道真公の時。それ以来五百年近い歳月が過ぎておる。元も滅び、漢人の明が建国された今、禅宗の交流に止まることなく国の交わりを再開する時かも知れませぬ。しかし古の聖徳太子が隋の皇帝に送った国書にあるごとく、国と国は対等であるべきと存ずる」

その言葉を聞いた懐良親王は我が意を得たとばかり大きく頷いて言った。

「頑石祖師の言葉、もっともでござる。一同の意見は十分に聞いた。そろそろ征西府としての結論を出す時である。皆の者、ご苦労であった。これまでといたす」

椿が散り、さつきの花が赤々と咲き誇っていた。明使が到着してから既に三月が経とうとしていた。楊載と呉文華の正副使を除く五人の明使の血が流れた。斗南は明使一行と共に博多津に停泊していた明船に乗り込み日本を後にした。

征西府館の一室には懐良親王、菊池武光と五条良遠の三人が座っていた。

「明使の処刑は哀れを誘うものであったそうな」

良遠がぽつりと言った。

「日本が明の配下に下ることは所詮できない相談でござる。楊載は最後まで臣下の証である『表』の文書を明皇帝に持参できるよう求めたのだが……」

武光が言った。

頑石曇生によって漢語で書かれた返書は、明の意向を拒否しつつ、征西府の権威を高め、あわよくば対等の国交関係を結ぼうという野心的な回答であった。

# 二　明使再び来る

翌年三月、聖福寺の境内に椿の花が満開の頃、明船が再び博多津の沖に現れた。昨年明使が帰った後、九州北方の沿岸には厳戒態勢が敷かれていた。明軍がいつ押し寄せても即座に応戦できるよう準備は怠りなかった。その水軍の警戒網に掛ったのがまたもや明使を乗せた唐船一隻だった。それは人々が今まで見たこともないような巨大な船で、先導した波多水軍の関船は巨船にまとわりつく小舟に過ぎなかった。

その知らせを受けた征西府では、明軍が押し寄せたのではないかと一瞬色めきだった。しかしただ一隻であることが分かると、安堵の思いに胸を撫でおろしたのは菊池武光ばかりではなかった。今回も明船には斗南が通事として同行していたが、明で捕らえられた倭寇一味が十数人送られてきた。懲罰として捕虜は腕や足を切り落とされていた。それは倭寇対策を迫る明の警告であった。

征西府の中庭には明の正使として趙秩《ちょうちつ》、副使として昨年の正使であった楊載が、その後ろに随行する者がひざまずいた。楊載が副使として派遣された背景には、懐良親王との交渉を継続させようとする明皇帝の意図がうかがわれた。それには既に拝謁した人物が必要であった。さらに前回の結果に明皇帝が不満であり、今度こそ楊載に任務を全うさせようとする意志の表れでもあった。迎えるのは懐良親王、五条良遠、菊池武光、聖福寺の頑石曇生《がんせきどんしょう》であった。

正使の趙秩が読み上げる「詔《しょう》」と呼ばれる皇帝印の押された璽書《じしょ》を、通事の斗南が日本語に訳していく。その内容は昨年とほぼ同様であった。明使五名の処刑が示す、明確な拒絶にもかかわらず、日本を臣従させようとする皇帝の飽くなき執念が読み取れた。

前回と異なっている点は、明を取り巻く国際情勢の変化に言及していることであった。高麗《こうらい》、安南《ベトナム》占城《チャンパ》（ベトナム中部）、爪哇《ジャワ》（インドネシア）から臣従の使者が来ていること、西域諸国からは良馬が献上され、かつての支配者の元は北に逃れ、明の大将軍が八万の兵を率いて追討中であるという。日本も臣従する決意を示す「表」を速やかにもたらすよう命じていた。

更に今回は国書のみならず、「咨《し》」という文書が加えられていた。これは中書省と呼ばれる、いわば行政官庁が作成したものであった。それには前回の明使に対する残虐行為を激しく糾弾するとともに、捕らえた倭寇を送り返すので、今後の戒めとせよと書かれていた。

その高圧的国書を黙って聞き終えた懐良親王は、正使の趙秩に向かって言った。

「そなたは文永八年と九年に元の使いとして来た趙良弼《ちょうりょうひつ》の子孫ではないか。甘言を弄して臣従させようとする魂胆であろう。直ちに成敗いたす」

二度にわたって襲来した元寇のことを言ったのである。元による侵略戦争は警告なしで開戦に至ったわけではない。六回にわたり元使が訪れ、日本からも十二名で構成される使節が高麗国を経て元の都、大都（北京）を訪れている。

元軍による侵攻に先立ち、使者として大宰府に来たのが趙良弼であった。二度にわたる元使としての使命は成功しなかったが、それが侵略戦争につながった歴史は日本側にとって忘れえぬ記憶として刻まれていた。

懐良親王の予期せぬ突然の言葉に一瞬たじろいだ趙秩ではあったが、居住まいをただして答えた。

「恐れながら趙良弼とやらの子孫とは何であろうか。『趙』とは戦国時代に存在した由緒ある国名である。蒙古による長い支配を受けた漢人ではあるが、元に臣従した趙であれば、恐らく女真《じょしん》族《ぞく》に下った趙であろう。わが祖先は古より江南に居住して、いまや明皇帝となった朱元璋に仕える、れっきとした漢人である」

その釈明に対して懐良親王はさらに追い打ちをかけた。

「明に臣従することは我が国を厳しい支配のもとに置き、過酷な税を課すことではないか。高麗国にも頑強な抵抗を続ける者もあると聞いておる」

「それは元の支配する時代のこと。明の建国後では高麗国も落ち着きを取り戻し、漢人皇帝の威徳により、民の豊かな暮らしが行き渡っている」

見え透いた方便ではあるものの、それを口実に使節を切り捨てるわけにはいかなかった。

一行は滞りなく一連の折衝を終えると宿舎の聖福寺に戻って行った。

五条良遠と菊池武光は懐良親王とともに慎重な協議を続けていた。親王の希望で今回はその場に聖福寺の頑石曇生と斗南が加わっていた。それもようやく一つの結論に近づきつつあった。話を主導したのは良遠であった。

「最初の明使は途中で遭難したとはいえ、今回で三回の来朝は牧宮様を幕府の上に立つ正当な天皇家と認めてのこと。ここで明との正式な国交を開くことは征西府としての使命ではござらぬか」

「しかし趙秩の求めることは明の臣下となる『冊封《さくほう》』ではないか」

武光はあくまで反対の立場を崩さない。

そこで親王は頑石に質問した。

「元寇以来、日元関係は国交もないまま敵国として推移してきたが、禅宗寺院間の交流は活発であると聞いておるが」

「さようにございます。特に南宋が元に滅ぼされる頃には、日本に逃れて来た禅僧が数多くおりました。亡命僧を通じて関係が一層緊密になったことは論を待ちませぬ。ところが我らにとって意外なことは、元という国の開放的な面でござった。元王朝の祖先は草原の民であり、異民族との交流は多く、世界の各地から優秀な人材が登用されていたと聞き及んでおります。その流れに乗って我が国からも多くの修行僧が入元したことは事実で、拙僧も例外ではござらん」

親王は大きく頷くと斗南に問いかけた。

「趙秩の言ったことはまず話半分として、遥か南方諸国から朝見する国が多いそうな。この情勢について何か知っておるか」

「拙僧は若輩者ゆえ詳しいことは存じませぬが、明国現地の話を漏れ聞く限り、皇帝は国内の統一に腐心しているようでございます。元の末裔を掃討すること、国内の敵対勢力を一掃することが最優先ながら、それに加勢する周辺諸国を臣従させることが急務のようでございます」

その言葉を聞くと一同は深い沈黙に沈んだ。

そして懐良親王はついにひとつの結論を引き出した。

「明との国交を開く良い潮時であろう。それには臣従が前提条件ではあるが、我が国が明の支配下に下るつもりはない。相手の求めているのは水軍の跋扈をやめさせることである。水軍本来の目的は交易であり、平和裏の通商であれば我が方の利にもなる。唐が滅亡した後に興った宋に着目したのは平清盛であることを忘れてはおらぬか。平氏の栄華には宋との交易が与したのではないか」

親王の考えの背後にはもう一つの重要な点があった。臣従すれば明には日本を保護する義務が生じる。もし征西府が攻められて苦境にあれば、明に援軍を乞うこともできる。見えない明軍の傘が果たして機能するかどうかは別のことではあるが、親王の敵には心理的圧力になるであろう。

「明に膝を屈することはできぬが、朝見の使節を派遣することで、友好関係を築こうとする我が方の意図は伝わるであろう」

征西府としての結論は出たがそれを直接明使に手渡してよいものか、懐良親王は五条良遠に諮った。

「平安時代以来のことですな。遣唐使が派遣された時代でさえ唐から冊封を受けたわけではございません。あの時代は唐が大陸を統一して政治的安定があった。今とは状況が大いに違ってございます。明との外交は牧宮様の特権とはいえ、ここはやはり吉野にお知らせしてはいかがでございましょう」

「良遠の言うこともっとも至極。吉野に使いを出すことにいたす」

その頃吉野では懐良親王の兄、義良親王が皇位を継承して南朝の後村上天皇となって久しかった。その天皇の皇子、良茂親王は幼い時から征西府に送られ懐良親王の後継者とされていた。明使が大宰府を訪れた時には良茂親王は伊予の河野水軍のもとに派遣されていた。

聖福寺の頑石は緊張から解放された趙秩と楊載を方丈に招き入れ、今回の任務をねぎらっていた。春の日差しは方丈の間に差し込み、庭から見える椿の花にも降り注いでいた。一同は楊載が明州から持参した茶を味わっていた。和やかな時が過ぎてゆく。頑石とは斗南を煩わせることなく漢話で意思が通じた。

「この茶は龍井《ろんじん》でござるな」

頑石が楊載に尋ねた。

「さよう、西湖の畔でできる銘茶。芳醇な味わいは比類なきもの」

楊載の返事に、頑石は遠い昔を思い出すようにつぶやいた。

「拙僧も一度訪ねたことがあるが、風光明媚なところでござるな」

かつての南宋の都であった杭州《こうしゅう》の西湖《せいこ》は、その美しさが呉越の争いの春秋時代に生きた絶世の美女「西施《せいし》」にたとえられている。

趙秩は懐良親王との謁見の結果がどうなったか頑石に尋ねた。

「見通しは明るいであろう。先日吉野に向けて使者が出発した」

楊載が尋ねた。

「昨年は三月ほどここで過ごしたが、今回はどのくらい待たねばならんであろう」

「さあて、吉野まで往復の日数に加えて……。国と国との関係を定める事項であれば、朝廷の結論が出て使者が戻るのは早くて半年先であろうか」

楊載は遠い故国を思い出すような眼差しで外の椿を見ながら言った。

「秋風が吹きだす頃であるな」


趙秩と楊載は役目を果たすには長期戦になると覚悟を決めたのだった。このまま無為に聖福寺に籠っているのも芸がない。二人は思案を巡らした。まずやっておかねばならないのは、国情視察である。秘かに境内から外出することは頑石の許可を得ることができた。道案内と監視の役として斗南が同行することになった。明使の二人は僧の衣を身にまとって斗南を伴い九州の海岸に沿って歩いてみた。征西府の支配する山辺の道も辿ってみた。初夏の田植えから時を経て、稲が少しずつ色づいてきた。

江南の穀倉地帯を知っている二人の明使が感じたことは、田畑の小さいことであった。農民はよく働いてはいるが暮らしは豊かとは言えなかった。皇帝が抱く日本への想像、豊かで強い国という印象はどこにもなかった。日本を脅迫して無理矢理臣従させる価値はあるのだろうか。優先すべきは倭寇の進出を止めることであった。それにはどうすれば良いのだろうか。


吉野から使者が来たのはその年が明けてまた椿が咲き始めた時であった。後村上天皇から届いた結論は唐の時代と同様な姿勢であった。すなわち明に対して朝貢はするが臣下となるのではないというものであった。

懐良親王から命じられて頑石は皇帝宛ての返書を作り始めた。明使の求める「表」に対して内容はその趣旨に沿っているものの、あくまでも日本国の独自の地位を保つという難しい問題を含んでいた。

こうして頑石によって作成された文書は「表」という言葉はどこにも記されてはいなかった。それを示された趙秩は顔色一つ変えず言った。

「良かろう」

こうして作成された文書の宛先は明皇帝の「詔」ではなく、中書省の「咨」に対する返書という形をとった。あくまでも明皇帝に臣従するのではなく、政治的立場の表明という意味合いを持たせたのである。そして懐良親王の花押が書き加えられ、国印が押され完成した。

この国書を明にもたらす日本使節の人選が始まった。筆頭使節には聖福寺の祖来《そらい》が選ばれた。祖来は三十を少し過ぎた聖福寺きっての秀才。頑石の信頼は厚かった。臨機応変に対応する能力も備えていた。さらに天祥《てんしょう》、機先《きせん》、大用《だいよう》が随行員として渡海することも決まった。三人は二十代で斗南より少し年上だった。頑石の人選の基準は若い僧の向学心で、明の新しい時代の禅と文化を吸収する意欲であった。

いよいよ待望の出港準備が始まった。前回のような明使処刑など険悪な事態もなく、作業は順調に進んだ。征西宮から明皇帝に献上する品々が運び込まれ、使節が明国で売買する日本の刀剣や扇などの品々が積み込まれた。これらは帰国の際には明の舶来物に代わっていることであろう。

明船が水軍の捕虜を伴って来たことに対して、日本からは明国沿岸から連れてこられた俘虜、男女合わせて七十数名が送還されることとなった。こうして明船が博多津を出港したのは七月初旬であった。青く澄み切った空には雲一つなく、夏の日差しに湊に寄せる漣はきらきら輝いて安穏な航海を約束するようであった。西に向けて航路を定めた船は順調に航海を続け、平戸島の影を左舷に見ながら進んでいた。ところが船の行く手に怪しい雲が見えた。やがて風が強くなった。

遥かかなたにあった雲はいつの間にか目前に迫り、風と共に雨を運んできた。この時期にしては稀な大嵐の兆しに、船人は一斉に帆を下ろして厳戒態勢に入った。やがて船全体が大きく揺れ始め、乗船している人々には恐怖の色が広がった。折あしく日暮れも近く空と海は暗い闇に包まれた。大波は次々と大量の海水を浴びせかけ、動ける者は溢れる水を掻き出すのに大わらわであった。祖来は同行の僧と共に一心不乱に祈りを捧げ、その力強い誦経《ずきょう》は人々を励まし続けた。

「観自在菩薩《かんじざいぼさ》　行深般若波羅蜜多時《ぎょうじんはんにゃはらみたじ》……」

明船は荒れ狂う海と嵐に翻弄され、二本の帆柱も折れてしまった。船を制御することはもはや不可能であり、船長は転覆を避けるのが精一杯、船は運を天に任せ漂流を続けた。風はその勢いを弱める兆しもなく不気味な唸り声のように咆哮した。明使の趙秩と楊載とてこの様な時には何の役にも立たない。恐れおののき柱にしがみついて嵐が過ぎ去るのをひたすら待つばかりであった。

「それにしてもあの日本僧たちの気丈な事よ。危険の渦中にあっても一糸乱れず誦経をつづけておるわ」

趙秩が呟いた。

人々の疲労は極限に達してもはや生きる意欲も失せたかの状況でも、日本僧の誦経の声が弱まることはなかった。趙秩と楊載の頼りとするのはもはや仏の慈悲以外にはなかった。祖来をはじめとする僧たちが救い主のようにさえ感じ始めた。

猖獗《しょうけつ》を極めた大嵐も夜半を過ぎたあたりにはその峠を越したようであった。やがて東の空が白くなりかけた頃には風は弱まり雨も小降りになった。水平線の彼方に夜明けを告げる曙光が差し始めると、ずぶ濡れの一同はまだ生きていることを互いに喜び合った。やがて明るい日差しの中に見るも無残な船の様子が顕わになった。もはや自力での航海は無理であった。人々が再び絶望の淵を垣間見た時、誰かが黒々とした島影を見出して叫び声を上げた。

祖来はじめ日本僧全員も船縁から島影を眺めた。幸いなことに船はゆっくりとその島に近づきつつあった。次第に島の様子が誰の目にも少しずつ明らかになってきた。森と人家がはっきりと認められるまでになるとそこはまだ日本の島であることが分かった。やがてこの難破船を見つけたのであろう、浜辺から小舟が近づいて来た。その漕ぎ手の顔がはっきり認められるようになると祖来が叫んだ。

「我ら明国に向かう一行である。昨夜の嵐に遭遇してここに打ち寄せられてきた。ここはどこであろうか」

漁師と思しき船の主が答えた。

「五島の福江島だ」

その言葉を聞いた斗南は驚きのあまり思わず声を上げた。

「祖来様、ここは我が故郷でございます」

「何と」

「しかも五島は空海が唐に向かって旅立った、日本最後の寄港地でもあります」

「それにしても我らには良い運がついておるわ」

小舟は難破船の正体がわかると急いで浜に戻って行った。唐船の中では息を吹き返した船乗りたちが帆と舵の応急修理に取り掛かった。日が高く上り強い日差しが照り付ける頃には船は停泊できる入り江にゆっくりと移動することができた。船の中には既に息絶えた者もおり、ひとまず救助を受けるべく上陸する必要があった。

斗南は真っ先に島に降り立ち集まってきた村人に、弱り果てた一行が身を寄せるところがあるか尋ねた。一里ほど先に水軍の船長《ふなおさ》が住む館があり、既に唐船の遭難については報告が届いているはずだという。その言葉が終わるか終わらないうちにひとりの若者が数人の手下を従えて駆けつけてきた。

この若者は宇久孝《うくたかし》と名乗った。背が高く筋骨たくましい青年である。鼻筋が通った端正な面立ちがその浅黒い肌に爽やかである。涼し気な切れ長の目が生き生きと輝いている。村人の言葉によれば父親は五島水軍一族の頭であるという。斗南は明使が唐船にいることを隠さず伝えた。このような状況では明使の存在を隠すことはできそうもない。事実を明かすことで助かることに賭けたのであった。五島の宇久一族が北朝に与している可能性は十分に考えられたが、それが窮地にある乗船者にどんな影響があるのか、今の斗南にはわからなかった。

孝は館に報告に帰って行った。斗南は今までの緊張の糸から解放されたように一本の大きな木の根元に座り込むと、今まで感じなかった疲労がすばやく斗南に襲い掛かり、眠りの底に引きずり込んだ。

夢の中で斗南は明の紫禁城にいた。宮殿の玉座には皇帝が、居並ぶ側近の中に趙秩がいる。その様子を遣明使の末席で見ている自分がいた。

その有様が途切れたと思うと、今度は汚れた衣を引きずりながら首枷をはめられた日本僧が一列に歩いて行く。沿道に沿って多くの住民が一行を眺め、その一人一人の顔が不思議にはっきりと見える。皆の眼差しは引かれていく者たちへの哀れみに満ちていた。やがて行く先に雪を抱いた高い山が聳えている。その頂には一片の雲がかかり雪とともに日の光を反射して輝いている。山の反対側にはきらきらと光る大きな水が目に入った。海だろうか。水際には白地に赤い模様の衣装を身にまとった娘たちが佇み、微笑んでいる。


どのくらいの時間が経ったのだろうか。傍で人の声がして斗南は目を覚ました。不思議な夢だった。夏の日は既に西に傾き始めていた。孝が急ぎ足で戻ってきたのだった。明使と日本僧はひとまず宇久水軍の館に収容されることが告げられた。浜辺では野営の準備が進められ、十人余の死者は既に葬られていた。凄まじい大嵐にもかかわらず明国への献上品のうち、破損したものや失われたものが少なかったことは幸いであった。とりわけ気になったものは懐良親王から皇帝に献上された三頭の馬であった。趙秩から洪武帝はとりわけ馬を好むという話を聞いて選ばれたもので、無事でいることがわかり一同は胸をなでおろした。

館の広間には宇久強が配下の者を従えて座り、その傍らには孝が控えていた。強の日に焼けた顔に鋭い眼光が宵の明星のように輝いていた。身にまとっているものは女物の単衣で、かつて博多津で会った波多武の風貌とよく似ていた。福江島を拠点にして朝鮮半島や大陸沿岸に渡航する水軍一族の頭目であることが一目でわかった。

「夕べはよく眠れたか」

強の穏やかな問いかけに、対面する明使と僧たちは安堵の色をみせた。しかし征西宮に敵対する一味の手にあれば自分たちの運命は風前の灯火である。

祖来は一同を代表して感謝の言葉とともに明国に赴くことを述べた。強はそれに驚く色も示さず言った。

「明使に随行する使節であるな。すると征西の宮が派遣したというわけか」

強の洞察力の鋭さに祖来は驚いた。この地にまで九州の状況は正確に伝わっていることになり、詳しい説明は不要であった。

「その通りでござる。なにとぞ力をお貸しいただけないであろうか」

「さて、どうしたものか……」

祖来の求めていることは聞かずとも明らかである。破損した明船を修理して、再び明国に向かえるようして欲しいということであった。

時代は大きく変わろうとしていることは宇久一族も感じていた。征西宮が九州を統一するのも目前、やがて大陸との交易を一手に握ることになるかもしれない。今まで幕府側に付いていたとはいえ、それが裏目に出る可能性もある。ここでひとつ大きな賭けに出るか、あるいは幕府に筋を通すか、思案に沈む強であった。

しばしの沈黙が支配した。

「条件がある」

強が口を開いた。

「大きな明船の修理にはひと月、あるいは二月かかるであろう。その費用を賄うこと。それと明との交易が正式に認められた暁には、われら宇久一族を優遇すること、つまり日本での交易の抽分《ちゅうぶん》（関税）は不要という条件だ」

祖来は深々と頭をさげて言った。

「その御言葉、明使にも伝え申す」

祖来は傍らの趙秩に漢話で説明した。

「船の修理は我らの仕事であれば費用はすべて我らが支払うのは道理。この島での滞在費も負担しよう。しかし交易の優遇については日本側の問題であり、我が方が関与することではない」

祖来は強に趙秩の言葉を包み隠さず説明した。

「されば日本使節としてそなたの答えはどうじゃ」

祖来が一介の禅僧に過ぎないことは重々承知のことであった。政治的な回答をやすやすと言える立場にはない。しかしこのような事態は明国に渡って皇帝に拝謁する時には必ず生じるもの。どんな無理難題が降りかかるかもしれない。ここでうろたえる祖来ではなかった。

「その御言葉、確かに承った。わが口から是非の答えはできぬが、書にしたため征西宮に差し出すことは我が命に代えて約束申し上げる」

祖来の立場としてはこれ以上の答えは無理であろう。これが反古になるか、先のことは判らない。果たして征西宮がこの先そのまま九州に君臨するかも定かではなかった。

「よろしい。それでは交易優遇については正副の書状をしたため、一通はそなたより征西府に送り、一通はわしの手元に置くことにしよう。いや、待て。一通はそなたが持ち、帰国の暁に征西宮に直接手渡すことでよろしい」

宇久強は用心深かった。利を焦って書状を征西宮に送ったところで、明国との交渉がうまく進展しなければ空手形となる。その書状が幕府方に渡れば宇久一族が窮地に陥ることも考えられる。ここは祖来に賭けるのが賢明であろう。

明使と使節一行は安堵の色を隠さず、全員が深々と感謝の意を表した。

唐船の修理の準備がさっそく始まった。まずは修理を指揮する、島で最も腕の良い船大工とその配下に招集が下った。宇久強に出頭を命じられた船大工の棟梁は館に駆けつけた。

「おお、十兵衛、来たか。唐船の修理だ。面白い仕事であろう。さっそく取り掛かってもらいたい」

日に焼けた大きな体の十兵衛と呼ばれた船大工は、思案顔で応えた。

「承知いたしました。大型の船であれば人手がいりますが、船に乗っておる者を使ってよろしいか」

「もちろんだ。わしの手下も使ってよいが、船の者は他にやることもないであろう。役に立つかどうか分らぬが、おぬしに任せよう」

「承知いたしした。唐船の修理などめったにないことであれば、匠の技を学ぶ良い機会でございます。船長とは言葉は通じませぬが言わんとすることはすぐわかるもの」

数日のうちに材料が運ばれ、浜辺には下小屋も建てられ、難破船に乗っていた者と船大工が寝泊まりする飯場も出来上がった。

斗南はじめ天祥、機先、大用の若い禅僧たちは全員の食事を賄うことになった。聖福寺で修行経験のある者にとって典座《てんざ》を命じられたようなものである。この役目は禅院の食事担当者であり、修行のひとつである。斗南は食材の調達を任された。

飯場には毎日のように、宇久孝とその妹が通って来た。孝は十兵衛の下小屋に来てはその仕事を飽かず眺めた。娘は若い禅僧とともに賄いの手伝いをするようになり、やがて食材を集める斗南の道案内を任された。娘の名は八重といった。年は十七、色白で肩まで垂らした黒髪が日の光を浴びると輝いて見えた。その唇は薄桃色の椿の花のようであった。

斗南と八重は漁師を訪ねては、その日獲れた食材を飯場に運んだ。八重が一緒にいてくれるお陰で、疑う者もなく話は簡単についた。山野菜を求めることも度々あり、斗南と八重にとっては二人だけでゆっくり話の出来る機会となった。ある日、買い集めた野菜を背負って飯場に戻る道すがら、八重は斗南に聞いてみた。

「斗南様は五島の出身と聞きましたが、どこでしょうか」

「私は奈留島で生まれた」

「そこには父母がおられましょうか」

「いや、身内の者はもはや誰もおらん」

それ以上聞いて良いものか、八重はすぐには次の言葉が出なかった。

ふたりだけで山道を辿りながら、八重は迷いを振り切った。

「斗南様の生い立ちを聞いてもよろしいでしょうか」

「私の父は奈留島で生まれ育ち、海に生きる男であった。そなたの父と同じように大陸や朝鮮にしばしば出かけて行った。しかし私が十才になったある日、父は船出したまま帰って来なかった。戻って来た仲間の言うには父は朝鮮で行方不明になったという。母は待ち続けたがやがて病に伏した。亡くなる前に母は私に言った。博多津に聖福寺という寺があり、そこの頑石という坊様を頼れと」

「それは、また、どういうことで」

「和尚は父の幼馴染みだ」

八重は斗南といると見知らぬ他人ではないような気がしたが、海に生きる男の血を感じたためかもしれない。八重の優しい眼差しは斗南の心を和ませ、その面立ちは亡き母を思い出させた。今まで斗南は女に対して特別な思いを感じたことはなかった。しかし八重といるとなぜか幸せであった。


船の修理は順調に進み夏も終わる頃には、完成の見通しがつくまでになった。その日は宇久強と孝が揃って下小屋と唐船を訪れ十兵衛の仕事ぶりをつぶさに眺めた。唐船の特徴である弥帆《やほ》と本帆《ほんほ》を揚げる二本の帆柱もすっかり元通りになった。破損した船を見ただけの強にとって、すっかり様相が変わった姿を見るのは驚きでもあった。

祖来、趙秩、楊載が一緒であった。

「そろそろ船出の準備にかかろうと考えておりますが」

祖来が強に言った。

「そのようであるな。しかし準備が整っても船出の時期が問題というものだが。秋風とともに大嵐襲来の季節が始まるぞ」

「機を見て一気に大陸に向かうことは趙秩殿も楊載殿も同じ意見でござる」

「良い度胸じゃ」

海の彼方を見つめる強が呟いた。


うだるような暑さのその日の午後も斗南と八重は山野菜を背に負いながら山道を下り、海の見えるところまで戻ってきた。沖合には白い雲が空高く立ち上りそれは見る見るうちに大きさを増した。

「一雨来そうだな」

斗南が呟いた。

ふたりが海辺に差し掛かった頃には大粒の雨が降り出し、雷鳴とともに稲光が見えた。急ぎ足の二人の行く手に苫屋が見えた。

「ちょうど良い。あそこで雨宿りしよう」

ふたりが苫屋に駆け込むと同時に滝のような雨が降り出した。雨脚は激しさを増し、黒雲は苫屋のなかを一層暗くした。すると閃光とともに雷の落ちる轟音が響き、驚いた八重は斗南にしがみついた。

雨はようやく小降りになった。仏門にある斗南とてためらいがなかったと言えばそれは嘘であったろう。ふたりの間に目に見えぬ磁力が働いたように、陽極と陰極が引き合うように、ごく自然にふたりはひとつになった。ふたりには全くためらいがなかった。雨があがるまでの短いひと時が永遠に続いて欲しいと思う二人であった。苫屋の外では潮騒の音が同じ旋律を繰り返すのが聞こえた。


それから何日か経った昼下がりに孝が斗南を訪ねて来た。波打ち際の木陰に腰を下ろした二人は心地良い海風に吹かれながら話し始めた。

「斗南殿、今日は話が合って来たのだ。実は妹の八重だが、おぬしに惚れておる」

ふたりの間が既に人に知れるまでとは思いもよらなかった斗南であった。

「八重はおぬしに連れ添いたいと」

「……」

斗南はすぐに返す言葉もなかった。仏門修行中の身であれば深く恥じ入るばかりであった。

「親父殿も異はない。どうじゃ、この島に留まり、我ら水軍と共に暮らしては。おぬしほどの器量があれば我らと共に、明でも朝鮮でも立派な仕事ができることは疑いない」

木には沢山の蝉がいるようで、その鳴き声は斗南には「そうだ、そうだ」と言っているよう聞こえた。打ち寄せる波もそれに相槌を打つように響いた。

「孝殿、有難い言葉をかたじけなく思う。私も八重殿と、できれば共に暮らしたい。しかし今は余りにもすべてが中途半端だ。私は明国と我が国のこれからをもう少し見極めたい」

「おぬしの立場は良く分かっている。今すぐの返答は無理であろう。どうであろう、ここ一、二年のうちにここに戻ってきてはくれぬか」

そう言われて救われる思いの斗南であった。

「承知いたした。ふたりの心の火が消えぬうちに」


唐船の修理が終わったのは九月になって暑さも一段落した頃であった。この時期には大嵐が襲来するのが常であったがその兆しもなかった。出港準備も整い順風を得て、一同は乗船した。前の日に趙秩から約束の船の修理費用を、有り余る価値の金塊で受け取った宇久強は一行を見送りに孝と共に姿を現した。

「祖来殿、無事に役目を果たしてまた会いたいものだ」

「宇久殿、これまでの御恩、決して忘れぬ」

少し離れたところで八重は斗南に向けて袖を振っていた。遠い海の向こうの明国に向かうというのに不思議に悲しい別れではなかった。


五島を離れた船は矢のように進んだ。前回の船旅がまるで嘘であったように、今回は何の障害にも会わなかった。出航後七日目にはそれまで青く澄んでいた海水が濁りだした。大河の運んだ大陸の土が海水に混じり始めた証拠である。船乗りたちが明国の海岸に近いことを一行に伝えた。

船が杭州湾に近づくと右舷に舟山列島が見えた。祖来はじめ若い禅僧たちは話に聞いていた普陀山の島影を見ると思わず身を乗り出した。島は観音信仰の寺院が散在する仏教の聖地である。明船は夥しい小舟を避けながら、海に注ぐ鄞江《ぎんこう》（現在の甬江《ようこう》）を遡り明州《めいしゅう》の船着き場に到着した。雲霞の如く人々がひしめき、その喧騒は明国の賑わいそのものであった。日本から来た旅人に、遂に来たかという感激を呼び起こした。使節の宿泊所は、港を管理する市泊司《しはくし》に隣接する安《あん》達駅《たつえき》であった。

明使と共に日本からの使節が到着したという知らせは、朝見使節に対応する杭州の市泊太監《しはくたいかん》にもたらされた。上京の許可が届くのは半月後であると趙秩は言った。

明皇帝に拝謁するため応天府《おうてんふ》、後に南京とも呼ばれるようになった都に出発するまでの期間、一行は明州の名所を見て回ることができた。日本にその名が知られていた天童寺を訪れた時は一行を感激させた。この寺院はその歴史を唐の時代に遡り、日本で禅宗の聖人と称えられている栄西と道元も訪れたことで知られている。別の日には船着き場から川を下り、来る時に唐船から垣間見た普陀山に上陸した時には一行の感動は最高潮に達した。

やがて応天府に向かう許しが下りた。明州から目的地までは全行程が船旅であると聞いて遣明使一同は今度も驚きを隠せなかった。皇帝に捧げる朝貢品と共に馬も船に積み込まれた。出発した船は慈渓江《じけいこう》（現在の余桃江《よとうこう》）を遡り浙東《せっとう》運河を経て杭州に至る。ここで風光明媚な西湖の風景を味わい、呉王夫差《ごおうふさ》が手掛け、隋の煬帝《ようだい》の時代に拡張された京杭《けいこう》運河を通った。蘇州では寒山寺、無錫《むしゃく》の恵山寺《けいざんじ》など主だった名所を案内された一行は明国の待遇に感激の連続であった。明は厄介な日本国がようやく朝見することに破格の待遇で応じたのだった。

鎮江《ちんこう》という城市を過ぎて長江を遡るとやがて左舷に堂々たる市壁が見えて来た。ここが目的地の応天府であった。長江本流から導かれた船着き場で下船した一行は、城門をくぐり会同館《かいどうかん》に案内された。これは明皇帝に拝謁する諸外国の使節が滞在する施設で、宮殿で皇帝に会いまみえる時の作法を教授されることになっていた。会同館での滞在は快適で、宿泊費用はすべて明国が負担してくれた。異国から来た使節に対する明国の威信であった。

宮殿での儀式についての指導が終わった頃、会同館に新たな使節が到着した。一行は白を基調とした衣装を身につけ、端正な笠を被っていた。斗南が好奇心から若い男に話しかけ、それが占城《チャンパ》という遥か南の国の一行であることが分かった。その国は一年中温かく、美しい花が咲き乱れているという。聞くだけでは極楽のようなところだと斗南は思った。

それから数日してまた別の一団が到着したが、肌の色は黒く大きな目が特徴の集団であった。斗南は臆することなくそのひとりに話しかけ、やはり遠い南の海にある、爪哇《ジャワ》と呼ばれる大きな島国から来たことが分かった。

やがて洪武帝に拝謁できる日が来た。秋の空は雲一つなく晴れ上がり、会同館を後にした一行は皇帝の名称を冠した洪武門から紫禁城に足を踏み入れた。遣明使の進む両側には華やかな軍服に身を包んだ儀仗兵が整然と並んでいた。その背後には槍を持つ者、剣を下げる者などそれぞれ異なる色の軍服を着た兵隊が控えており、遠くから見ると広場に敷かれた絨毯模様のようであった。皇帝拝謁用の朝服を身につけた使節は祖来を先頭に広場の中央を進んだ。左右に大きな旗が掲げられた石壇があり、その前で立ち止まる。石壇の奥は赤い柱列の並ぶ奉天殿であった。やがて楽の演奏が始まると居並ぶ重臣の見守る中に黄色の装束を身にまとった皇帝が現れ、重々しく玉座に着いた。趙秩と楊載は皇帝の座る基壇の下に控えていた。

一行は教えられたとおりに跪き、深々と頭を垂れた。祖来が進み出て懐良親王の国書を定められた献上台に置いて引き下がる。それを執事が引き取り、宮殿の定められた卓に置く。次に祖来は献上物の目録文書を別の献上台に置き、同じように跪いた。やがて別の執事がそれを持って担当官に差し出す。

再び楽が演奏されると担当官は国書を開いて読み上げる。聞き終えた洪武帝は苦虫を食い潰したような表情を浮かべながら言った。

「これは明帝国に臣従する『表』ではない」

これでは日本国王を臣下として冊封《さくほう》するには不十分であった。洪武帝は露骨に不満の意を表した。

「東夷の日本は偉大な明帝国にひれ伏し、その庇護を受けるべき立場にある」

それに対して趙秩が日本で懐良親王に会い、今回の朝見が実現したいきさつを説明した。

「それにしても応天府を出発以来一年半もの月日が経っているが、一体何をしておったのか」

趙秩は皇帝の鋭い問いかけに一瞬うろたえた。

斗南は下げたままの頭を少しだけ上げて遠くの皇帝の竜顔をちらりと垣間見た。赤い玉座に座り、黄色い皇帝服に身を包み、大きな四角い冠を被った皇帝は一度見たら忘れられないほどの恐ろしい形相の人物であった。年は四十を越えているはずで、人生の絶頂期にある眼光鋭いまさに仁王像のような顔をしていたのだ。

「帰路に大嵐に遭い、船が大破したためその修理に長い時間を要したのであります」

趙秩は事実とは言え、苦しい言い訳をした。

そのやり取りを斗南は耳をそばだてて聞いた。

しばらくしてまた楽が響いた。

こうして朝見の儀は終わった。

# 三　明使三度《みたびきた》来る

会同館に戻った一行は重い沈黙に沈みこんだ。皇帝の逆鱗に触れれば明日の命はない。うち揃って首を刎ねられるかもしれない。そうなれば運命と思ってあきらめるしかあるまい。日本を発つときから覚悟は出来ていた。かつて楊載と呉文華が征西府にやってきた時の有様を知っている遣明使たちは、異国で権力者の決定を待つ不安を噛みしめる思いであった。趙秩の知らせが来たのはそれから数日たった朝であった。首を洗って待っていた祖来ではあったが、全員明州の阿育王寺に戻れとの命令であった。

「どうやらしばらく首はつながったままのようだな」

祖来はつぶやいた。

来る時の心浮き立つような気分とは違って、同じ道筋を辿ったとはいえ帰り道では沈痛な思いに囚われた皆の口数は少なかった。

明州の阿育王寺に落ち着いた日本僧は、雲水と同じ日常を過ごすようになった。明州の冬は博多の聖福寺よりもずっと温暖で過ごしやすかった。日課の定まった暮らしの中で少しずつ緊張感は薄らいでいった。その年もそろそろ暮れようとする頃、応天府にいるはずの趙秩が現れた。祖来が呼ばれ話を聞いた。日本国の冊封がうまくいかなかったとはいえ、幸いなことに、洪武帝は諦めなかったのだ。年が明けてまた征西府に使者を送ることが決定されたという。

「それでは次回の正使はどなたであろうか」

祖来が聞いた。

「仲猶祖闡《ちゅうゆうそせん》師と無逸克謹《むいつこくごん》師の二人を筆頭に、私を含め総勢八名」

「さて仲猶祖闡師といえばここ明州の禅宗天寧寺の住持であることは聞いておるが、無逸克謹師とはどなたであろうか」

祖来が尋ねた。

「応天府の瓦官寺《がかんじ》住持である」

「確か歴史に名高い天台宗の名刹では」

「朝見の儀の後、一筋縄ではいかない日本国を何としても冊封するにはどうすべきか様々な議論が繰り広げられた。懐良親王が派遣した使節が僧侶であると聞いた洪武帝は『僧侶を遣わせ』と命じられたのだ」

それを聞いた祖来は思わず呟いた。

「なるほど。禅僧のみならず天台僧も。応天府の朝廷には相当の知恵者がいるようであるな」

征西宮と密接な関係にあるのは禅宗寺院であるが、京の北朝と幕府は天台宗との結びつきも緊密であった。今回は搦め手からの可能性にも考慮されていることに思いをはせる祖来であった。

驚くのはそれだけではない。次の失敗は許されない明使ということで、先ぶれとして元時代の日本留学僧を送る手はずが決められたのであった。禅僧の椿庭海寿《ちんていかいじゅ》は今月には明州から船出するという。また通事として入明僧の権中中巽《けんちゅうちゅうそん》は明使に同行するという。

「そこでだ、我らの出航は五月と決まった。そちと共に斗南を私の通事として連れて行きたい」

どうやら趙秩は前回の経験から斗南に全幅の信頼を置いているようであった。

「天祥、機先、大用の三名はこのまま阿育王寺に留まることができるのであろうか」

「勿論だ。その心配は要らぬ」

趙秩はきっぱりと言った。

祖来から趙秩の通事として三度日本に向かうことを聞かされた斗南は、嬉しさを隠すことはできなかった。趙秩からそこまで信頼されているという誇らしい気持ちと、また故郷に戻ることができるかもしれないという期待が一緒になって心ときめく日々が続いた。阿育王寺の境内にも椿が咲いていた。故郷の藪椿に比べて、大輪で同じ赤でもやや桃色が強い椿はどこか妖艶さを感じるほどである。趙秩はこれがこの土地原産の紅花油茶《べにばなゆちゃ》だと教えてくれた。斗南は五島の八重のことを思った。


明州を船出した日は、初夏の日差しに川面の漣はきらきらと陽光を反射して輝いていた。舟山群島を後にした明船は一気に九州を目指した。さしたる天候の崩れもなく明船は以前と同じように壱岐島の島影を認めるところまで来た。日は傾き西の空が赤く染まっていた。すると一隻の関船が近づいて来るのが見えた。祖来、斗南と権中は船縁に駆け寄った。翻る八幡大菩薩の旗から波多水軍のもののようであった。女物の単衣を着た波多武が手下を従えて仁王立ちに立っている。斗南がすばやくその姿を認め、大声で呼びかけた。

「波多殿、明使とともに斗南が戻ってござる」

それを聞いた水軍の頭は言った。

「おお、斗南殿。良いか、今から申すこと、心して聞かれよ。征西宮は九州探題を命じられた今川貞世によって包囲されておる」

「それはどういうことか」

「博多津の港は今川軍がひしめいておるわ。くれぐれも用心することじゃ」

それだけ言うと関船は唐船から離れて走り去った。

緊急事態を知った明使は日本僧を交えて今後の対策を練ることにした。船足を落として怪しい船に警戒するよう船長から指令が下りると、明かりを消した船は次第に深まる闇に包まれた。

九州探題とは何か、今川貞世がどんな人物で、いかなる権力を持っているのか祖来は仲猶と無逸に説明した。

「今までの交渉相手の懐良親王とは話ができないとなれば、我らの目的は頓挫したことになる。さりとてこのまま戻るわけにはいくまい」

仲猶は一同を見まわして言った。

「さよう。皇帝の国書を携えている限り、目的は達せねばならぬ」

無逸も同じ考えであった。

「懐良親王に宛てた洪武帝の国書と品々は如何なることになろうか」

趙秩は一番気になる問題を一同に投げかけた。

「恐らく今川貞世とやらに没収されるであろうが、国書の存在は隠し通さねばなるまい」

仲猶は呟いた。

「我らの持参した献上品は経典が大部分である以上、それに興味を示すことはあるまい。金銀財宝の類は間違いなく奪われることは覚悟せねばなるまいが」

無逸の言葉に全員が頷いた。

「幸い我らは全員が仏教に携わる者。権力争いとは無縁じゃ。日本の禅宗と天台宗のつながりから打開策を探るしかあるまい」

仲猶はそう言って趙秩の顔を見た。

「私一人が朝廷官吏ということであれば生贄になるのはわし一人か」

趙秩は首を撫でながら自嘲的な言葉をはいた。

「ところで今川貞世に、洪武帝が我らを日本に派遣した意図を説明すると、それを今川が報告するのはいったい誰であろうか」

趙秩の問いに祖来は答えた。

「九州探題に任命したのは京都の将軍足利義満公であろう。明使が来たとなれば必ず将軍に報告が行く」

初めて聞く名であれば無逸は怪訝な表情を浮かべた。

「すると今後の交渉相手は足利将軍ということになるか。将軍とは一体何者か」

祖来がどう説明したら良いかしばし考えた。

「政治の実権を握る武士の頭領であり、天皇とは別の為政者ということでござる」

「すると洪武帝の求める交渉相手ではなかろう」

趙秩の言うとおりである。しかるにどうすべきか。その問いに誰も答える者はいなかった。

長い沈黙の後、仲猶は決断した。

「虎穴に入らずんば虎子を得ず。ここは今川の懐に飛び込む以外方法はない。いずれにしても洪武帝の国書は、然るべき相手に会うまで秘匿せねばなるまい」

夜明けとともに意を決した唐船は博多津に近づいた。予想通り数隻の関船が漕ぎ寄せ、停船を強いた。異常事態を認識していた唐船は無益な抵抗をするはずもなく、命じられるままに関船に付いて行った。

港は鎧兜を身につけた今川軍でひしめいていた。明使到着の知らせを受けた今川貞世は一行を相手にしている暇はなく、短い命令を下したのみであった。

「取り敢えず聖福寺に閉じ込めておけ」

この措置ほど明使にとって有難いことはなかった。祖来と斗南にとっては懐かしい古巣であり、心おきなく話せる頑石もいる。明使一行はここで対策を練る時をかせげるというものであった。

不安に満ちた面差しで聖福寺に足を踏み入れた祖来と斗南を狂喜させたのは、椿庭がそこに潜んでいたことだった。椿庭が博多津に着いたのはまだ懐良親王が征西府に君臨していた時で、洪武帝が新たに明使を派遣することを親王に伝えることができた。その時の親王の嬉しそうな表情を忘れることはできないと椿庭は言った。

祖来は何とか懐良親王と連絡を取ろうとは思ったものの成功は覚束なかった。夜陰に紛れて明使が来ていることを伝える密使が放たれたが、その消息は知れなかった。探題軍は七万という大軍で征西府館を包囲するばかりで、決戦を挑もうとはしなかった。一気に雌雄を決す戦いは猛将菊池武光の望むところであったが、今川貞世はその手には乗らなかった。そして八月、兵糧も尽きかけた征西府軍は今川軍の囲みを突破して筑後の高良山城《こうらさんじょう》に後退してしまった。懐良親王も明使と会えなかったことがさぞかし心残りであったろう。

明使八名と祖来、それに斗南はかつての征西府館に呼び出された。大軍の包囲戦を思わせる破壊の後が散見されたが、館はほぼ無傷の状態で残されていた。再びここに戻るつもりで懐良親王は去ったのであろうか。

斗南にとって見覚えのある中庭に導かれた。明使の仲猶と無逸が前列に、その脇には入明僧の権中が通事として、趙秩と祖来が三人の後ろに座った。斗南はじめその他の者は最後列に控えた。

館の奥には金色の屏風を背にした、狩衣に烏帽子姿の今川貞世が息子の義範《よしのり》と弟の仲秋《なかあき》従えて座っている。斗南は同じ場所に君臨していた懐良親王を思い浮かべた。九州全土を支配下に置き、大陸との外交政策を一手に握る構想を抱いた人物は、もういない。果たして親王が再びここに戻って来るのであろうか。

しかし明使一行を前にする今川貞世の堂々たる姿はどうであろう。きりりと引き締まった容貌、濃い眉と眼光の鋭さ、それでいてどこか優雅さを感じさせる所作はただ者ではない。将軍足利義満に九州探題を命じられ、京から九州までほぼ一年をかけて山陽道を悠然と攻め寄せるなど、尋常な人物ではありえない。少し高めの凛とした今川貞世の声が響いた。

「遥々明国から来た一行とやら。来航の意図を申せ」

仲猶は明使を代表して立ち上がった。普通であれば詔書を読み上げるところではあるが、仲猶はよどみなく朗々と言上する。それを通事の権中が見事な日本語に置き換える。聞き終えた貞世は言った。

「洪武帝の使節であれば詔書というものを持参しておるであろう」

権中がその言葉を伝えると無逸が説明した。

「明国皇帝の命令には常《じょう》と権《けん》の二つがござる。詔書によって命令を伝えるのが常であり、詔書なしで伝えるのが権である」

何とも苦しい言い訳ではあった。しかしさらなる追求は無益と思った貞世は質問の矛先を祖来に向けた。

「そちは聖福寺の禅僧と聞いておるがなぜ明使と共に来航したのか」

上陸した時の厳しい取り調べを受けている以上、詭弁を弄する意味はないと考えた祖来には事実を語る覚悟はできていた。死罪に処せられるかもしれなかった。明使趙秩が懐良親王に拝謁、返書を携えて入明した経緯を説明した。

「明国の援軍を要請したのではないか」

貞世の関心はそこにあった。懐良親王が征西府に君臨していた期間は長いとは言えなかったが、その可能性は十分にあった。

「さようなことはござりませぬ。今回来航した使節が仏教関係者であることがその証拠でござる」

「事実が明らかになるにはもうしばらく時が必要だ。しばらく聖福寺に謹慎しておれ。不穏な動きがあれば容赦はせぬ」

貞世の命令は脅迫めいた響きはあったものの穏当な処置で、使節は胸をなでおろした。

夏が来てやがて秋風が吹きだした。筑後高良山城に籠る懐良親王が攻勢にでる気配はなかった。海の備えに目を光らせていた探題軍も異変を見出すことはなかった。聖福寺の明使にも危害が加えられる兆しもなかった。貞世は九州支配を確実にすることに忙しかったのである。

明使はこの間、ただ手をこまねいていたわけではない。仲猷と無逸は九州の状況から南朝方の懐良親王との交渉はもはや不可能であると判断した。それでは北朝方とどう接触したら良いのであろう。貞世が明国との国交に関心があればそれ相応の動きはあろう。しかしそれもなかった。

天台僧無逸は比叡山延暦寺の天台座主《ざす》の尊道《そんどう》に秘かに書簡を送った。明使の博多津に来た経緯を伝えるとともに北朝との接触の可能性を打診したのだった。一方禅宗天寧寺の住持仲猷は禅宗のつてを頼り、椿庭を密使として丹後にいた春屋妙葩《しゅんおくみょうは》のもとへ送った。この高僧は夢窓疎石《むそうそせき》の教えを受け、京都天龍寺住持であったが、政争に敗れ丹後雲門寺に隠棲していた。

この二つの試みがすぐに効果を現すことはなかった。今川貞世は明使が来ていることを足利将軍義満に知らせてはいたが、特に自ら動くことはなかった。ところが翌年五月に将軍から明使を上洛させるよう命令が届いた。天台座主からの働きかけがあったことを知った貞世は仲猶と無逸を通事の権中とともに京に送ることに決めた。南朝方が勢力を張る瀬戸内海ではなく日本海沿岸を経てひと月かけての船旅であった。

残された明使の趙秩に目を付けたのは大内弘世であった。今川貞世の求めに応じて領国の周防から九州まで応援に馳せ参じていた大内氏は、明との交易に興味を抱いていた。趙秩こそ、仏門の高僧より明の制度や通商に詳しい官吏であれば願ってもない教師である。将来の専門家を育成するため、大内氏は周防山口に趙秩と斗南を招く許しを今川氏から得ることができた。菊池武光が死んだという情報があった後は、懐良親王の動きにもさして目立ったものはなく、それを口実に大内弘世は領国に趙秩と斗南を伴って帰国することに決めた。

聖福寺での幽閉生活から解放された二人は博多津から船で周防に向かった。壇ノ浦を経て瀬戸内海に入った船は夏の輝く海原を進んで行った。趙秩も斗南も久方ぶりの自由な空気を満喫した。防府湊に上陸した一行は大内氏の本拠地山口に到着、臨済宗正寿院《しょうじゅいん》に落ち着いた。旅の疲れを癒した趙秩は大内氏の最大級のもてなしを受け、明使としての重荷を降ろす思いであった。大内配下の多くの秀才は明の正式文書作成をはじめ、交易の基本を積極的に学ぶ日が続いた。斗南は趙秩の助手として後進の指導に当たった。

斗南にとって満たされた日々であった。自分の知識や体験を真剣に聞いてそれを積極的に受け入れてくれる者がいる。それも斗南と年齢の変わらない若い人々である。今まで知らなかった仕事だった。時には八重の面影がよぎり、五島で別れた宇久一族の顔が浮かんだ。宇久孝と交わした言葉も思い出された。自分の生きる道はどうあるべきか、大上段に自問することもあった。しかしいくら思考を重ねても確信のある結論は出て来なかった。今の状況を自らの意志で変えるような力は湧いて来なかった。よく分からない大きな力が自分を押し流しているようにも感じる斗南であった。そうであればその勢いに身を委ねるしか選択肢はなかった。

やがてその年も暮れようとする頃、春屋妙葩と仲猶の連絡役に当たった椿庭が山口の大内氏を訪ねて来た。聖福寺に戻った椿庭は趙秩が周防に向かったと聞くと押っ取り刀で飛んできたのだった。椿庭の語ったところでは、将軍義満が明使との謁見に興味を示しているという。それが事実とすれば趙秩も上洛せねばならない。趙秩は春屋妙葩に宛てて将軍との謁見の可能性を打診する書をしたためた。それは椿庭の手に託された。ひと月ほど経って椿庭がもたらした返書には、仲猶と無逸の将軍拝謁はすでに行われたと記されていた。それとともに上洛がかなわなかった趙秩に対する慰めの言葉が添えられていた。それを知った趙秩は博多の聖福寺に戻ることにした。帰国は近いに違いない。おそらく二人の正使も博多への帰路の途上にあると考えたのである。

趙秩と斗南が聖福寺に戻って新しい年を迎えた時、正使の二人が無事博多津に姿を現した。明使が全員揃うと仲猷は将軍義満との謁見の模様を語った。

足利将軍義満への拝謁は天台座主尊堂の仲立ちにより実現したという。京都の将軍屋敷に導かれた仲猷と無逸はその豪華さに驚きを隠せなかった。紫禁城の壮大さと比べるのは無理であるものの、洗練された日本美の粋が凝縮されたような豪邸であった。それまで明使の会った権力者が九州探題の今川貞世だけであれば無理もない。本来であれば洪武帝の詔書を持参するはずであったが、今回は仏教に帰依する者が正使を務めることもあって、例外的な使節となったと将軍に苦しい説明をする無逸であった。

将軍義満は十五歳の若々しい、それでいて威厳に満ちた態度で明使に接したという。しかも明に対する興味は深く、元を滅ぼした洪武帝に対する尊敬の念まで持ち合わせていた。それまで征西府に君臨していた懐良親王が日本国を代表する権力者であるはずがなく、自らがその地位にあることを明言した。

仲猷は明と日本の仏教の密接な歴史的関係と、洪武帝が明使を派遣した経緯を語った。特に強調したことは大陸に襲来する倭寇の取り締まりの要請であった。さらに日本の国王として明の都、応天府に使節を派遣することを将軍義満に促した。

それに対して義満の言葉は明快であった。

「日本国に君臨する者として、明国との外交関係を樹立することは当然である。その証として書をしたため、帰国する明使一行と共に使節を派遣しよう」

驚いたのは将軍の側近だけではなかった。仲猶と無逸のふたりは余りにも容易に使命が受け入れられたことに喜び以上に驚きを感じるほどであった。それと同時に聖福寺での長い、不安に満ちた幽閉の日々の記憶が鮮やかに蘇ってきた。一刻も早く九州に戻り、帰国の準備に取り掛からねばならない。浮き立つような気持ちを押し殺して仲猶は重々しく言った。

「それでは我らの帰国と共に使節を明国にお連れ申そう」


それを聞いた斗南は、今回の使命が予期せぬ形で果たされた喜びを感じると共に、忙しい日々が始まることを覚悟した。やがて春のぬくもりが感じられるようになった。斗南は広大な聖福寺境内の、普段は通らない道を歩いていた。すると足元に藪椿の赤い花が落ちていることに気が付いた。不思議に思った斗南は周囲を見回したが椿らしきものはない。頭上を見上げて驚いた。今までに見たことのない藪椿の巨木がそこにあった。高さは三丈（九メートル）、幹回り三尺（九十センチメートル）はあろうか。椿の成長が遅いことは斗南も知っていた。生まれ故郷の奈留島にも古木が数多くあったが、これ程の巨木は見たことがなかった。花の時期でなかったら、それが藪椿であることに気が付くこともなかったであろう。この驚きはやがて自らの足元を見直すきっかけともなった。偉大なものを求めて遠く異国の地に渡ったとはいえ、自らの身近にも、仰ぎ見るほどの尊敬に値するものがあるのではないか。聖福寺の頑石に命じられて明に渡って以来、一心不乱に禅を学んだつもりだった。明使の道案内として三度も日本に戻れたのは幸運としか言いようがない。今回の明使は最高権力者である足利将軍に拝謁することができた。しかも将軍自ら日明交易に積極的に取り組む意向とか。これで自分の使命は一区切りついたと考えても良いのではないか。今後自らの基盤を日本に置く潮時かも知れない。その時斗南の心を八重の面影が占めた。

博多津は俄かに活気づいた。足利将軍が初めて明使を派遣する準備が始まったのだ。渡航に耐える大型の船が集められ、交易品を安全に運べるように船の装備が改造された。船大工や日本の産物を納める商人、渡海する僧侶たちで町は空前の賑わいを見せた。九州探題軍に加勢した周防の大内氏が、遣明使の一行に加わることになったことも活況に拍車をかけた。明との交易による利益が大きいことは誰もが知っていることであり、その事業に参入することは自国領土の経済的基盤を強化することを意味していた。趙秩を自国に招いて入念な準備を進めていた大内弘世はその機会を逃さなかった。趙秩の助言を受けて、明で高値で売れる刀剣、扇、屏風などが積み込まれた。日本の刃がなぜ明で求められるのか理由を問う者はいなかったが、商売になればそれで良かった。将軍からは陸奥の良馬が献上されることになった。

九州探題館では懐良親王軍への備えに揺るぎはなく、新たな戦の兆候もなかった。もはや親王は攻勢を諦めたのであろうか。この博多津の賑わいを知っているのだろうか。そう考えたのは斗南だけではなかった。趙秩も全く同じ思いを抱きながら聖福寺で出発の日々を待っていた。

やがて遣明使の顔ぶれが明らかになった。足利義満の任命したのは禅僧の聞渓円宣《もんけいえんせん》と子建《しけん》浄業《じょうごう》であった。倭寇鎮圧を求めた洪武帝に対する明確な回答として将軍義満が命じたのは、捕虜として日本に連れて来られた高麗国人と明国人、合わせて百五十名を送還することであった。これに入明を希望する僧侶七十一名が加わった。このお祭り騒ぎのような状況に、一抹の不安を抱いた人物がいた。前回の遣明使がもたらした国書を、洪武帝が拒絶したことを知っている趙秩である。懐良親王の国書が明に臣従する「表」でなかったことがその原因であった。果たして将軍義満の詔書は皇帝の求める内容に沿ったものであろうか。趙秩は聖福寺に到着した聞渓と子建に聞いた。

「詔書は天台座主の尊道《そんどう》殿が、義満公の意を受けて作成されたものであれば問題はなかろう」

聞渓は答えた。

造詣深い高僧の手になるものと言われて、一介の官吏である趙秩もそれ以上のことは口を挟む余地はなかった。もうひとつ気になる点は今回派遣される大勢の僧侶であった。期待と向学心に燃えた学僧に違いないが、将軍のみならず大内氏の意を受けた人びとの任務は様々であろう。その多様な要求に対応するには明の事情が良く分かっている先達がいなくてはならない。明州から随行してきた権中と斗南、連絡役の大任を見事にこなした椿庭には何としても来てもらわねばなるまい。趙秩は気の置けない聖福寺の頑石に念を押した。

七十一名の入明僧を統率するにはこの三名が不可欠と思っていたのは頑石も同じであった。方丈の庭にある五色椿が花の盛りを迎えた時、斗南は頑石に呼ばれた。斗南にとってもこれは自らの思いを師に話す良い機会でもあった。

「斗南、今回もご苦労であった。普段からのおぬしの働きには感謝してもしきれぬくらいだ。懐良親王の征西府が撤退した時には、明使の運命がどうなるか気が気ではなかった。それもどうやら無事に見通しが着いたようだ。そこで義満公の遣明使派遣に際して、そなたに是非もうひとはだ脱いでもらいたいと思っておる」

そこまで聞いて斗南には師の言わんとすることが分かった。ここで自分の希望を口に出してよいものか。

「そこで趙秩殿のたっての希望で、また明に出向いてほしいのだが」

「……」

どう答えたらよいか逡巡の沈黙があった。しかし師の意向に逆らうことはできる相談ではない。

「承知いたしました。この件につきましては我が最善を尽くす覚悟です。ただ……」

そう言いかけて斗南は心の迷いを隠すことができなかった。

「どうした、気になることでもあるのか」

師の言葉に斗南は意を決した。

「ひとつお願いがございます。日本に帰った暁には身の振り方を考えたいと存じます」

その言葉に頑石和尚は斗南から視線をはずして遠くを見るように言った。

「そうだな。そろそろ次の修行を考える時期ではあるな。」

「海に生きたいと考えております」

二人の間には沈黙があった。

「そうか。父親の血が騒ぐのであろう。お前の父のことは良く知っておる。勇敢な船乗りであった。亡き母も父と同じ生き方を望んでおったのであろうな。その時が来たらいつでも参れ」

爽やかな五月の朝は雲一つなく、水平線から大きな日輪が姿を現した。それを合図のように明使と倭寇の捕虜を乗せた唐船は帆を上げて博多津を出て行った。それに続く第二船には将軍義満の遣明使聞渓と子建、大勢の若い僧侶が乗り込んでいた。大内氏の周防船が出航した時には日は高く上り初夏の日差しが海面に反射していた。大陸に向けてこれほどの大船が港を出て行くのを見た者はそれまで一人もいなかった。

明国に向けた航海はまさに順風満帆であった。さしたる問題が生じることはなく、青黒い大海原に濁りが認められ、やがて彼方には舟山群島の島影が見え始めた。旗艦ともいうべき唐船に乗り込んでいた者にとって見慣れた景色であれば、「また戻って来た」という感慨が込み上げてくるのだった。明使一行にはひとまず任務を終えた喜びが満ちていた。明州から船出して早くも二年の歳月が過ぎていた。波瀾万丈の日々と言って良かった。

明州の港では以前と同じ賑わいが繰り広げられていた。倭寇の捕虜たちは名前と出身地を記した名簿が役人によって作成され、故郷に戻ることを許された。上陸した斗南はひとまず明使と別れ、阿育王寺で旅装を解くこととなった。そこで天祥、機先、大用が斗南との再会を喜んでくれた。三人とも明での暮らしが板につき、修行の日々が成長に磨きをかけたようであった。斗南には矢継ぎ早に質問が浴びせられた。唐船の到着から、懐良親王軍の敗退、聖福寺での幽閉生活、明使上洛の経緯、話は尽きなかった。

やがて第二船の遣明使が到着、安達駅の宿舎の客となった。それと前後して第三船も入港した。七十一名の遣明僧は天童寺と阿育王寺に分宿することになり、昨年から阿育王寺で修行している三名のうち天祥と機先が受け入れの指導に当たった。初めて入明した若い僧たちにとって二人は不安を解消するする頼もしい存在であった。

遣明使の聞渓と子建は、明使の仲猶と無逸、趙秩とともに応天府の紫禁城に赴くことが決まった。通事として権中、椿庭、斗南の三名が指名された。大内氏の使者も遣明使に同行することを許された。日本から来てもっぱら交易に携わる目的の者は大用が引き受けることになった。大用は生まれた家が商売を営んでいたこともあり、取引にかかわる者の心情をよく理解できる適役であった。

遣明使一行の道程は前回と同じ風光明媚な名所を巡る驚きに満ちたものであった。無事に応天府に到着、斗南にとって既に勝手知った会同館に投宿することになった。前回同様洪武帝拝謁の儀式の練習が完璧に行えるまで繰り返された。会同館には明の支配が及ぶ辺境の地から使節が派遣されて来ており、柔和な黒い顔立ちに黄色い僧衣を身につけた人びとが斗南の注意を引いた。斗南がどこから来たか聞いてみると緬甸《ビルマ》という答えが返ってきた。どうやら南蛮と漢人が呼んでいる辺境のことであろうと斗南は想像した。会同館に来る人々は穏やかで親しみがあり、斗南は顔を合わせるといつもその国の様子を訊ねるのが楽しみだった。しかし一目でそれと分かる高麗国の使節は日本人に対して高慢な態度を示し、眼差しには敵意の色さえ浮かんでいた。その理由が倭寇に根差すことは明らかだった。それ以上に高麗人の尊大な優越感さえも斗南には感じられた。

会同館で皇帝謁見の日を待つ使節であったが、その沙汰は一向に来なかった。将軍義満の国書は仲猶から提出されたものの、政治を取り仕切る中書省で不備が指摘されたのであった。日本国王は懐良親王でなければならない。報告を受けた洪武帝は烈火のごとく怒りを露にしたものの、側近に穏健な良識を示す者がいたことが幸いした。ここで日本使節を処刑してしまえば倭寇による懸案を解決することはできないであろう。日本に連れ去られた捕虜が返されたことは義満の権力を示す証拠には違いない。七十一名の僧侶を派遣したことは仲猶と無逸の功績で、明の仏教文化を真摯に学ぼうという意志の表明である。怒りの矛を収めた洪武帝は中書省を介して日本に命令書を発した。

それを携えてきたのは趙秩であった。洪武帝の回答は日本の無礼に対する叱責であった。足利将軍のもたらした国書は臣従する意図を示す「表」の形式を踏まえてはいた。しかし天皇に仕える陪臣では、正式のものと認められない。洪武帝の璽書に対して答えるのは「良懐」でなければならない。本来「懐良親王」であるはずが、中書省の役人が間違えたのか、「良懐」になっていた。事情を熟知していた趙秩であったが、些細な事を指摘して事態を混乱させるのは得策ではないと思いそのままにしたのであった。洪武帝の命令は「良懐」が襟を正して明に臣従する旨の表をもたらすよう命じたものであった。

「残念ながら皇帝に拝謁することは叶わなかった。しかし命が助かっただけでも良かった」

趙秩は聞渓と子建に言った。

「大勢の僧侶であるが、応天府の天界寺に全員住まいせよと皇帝は命じられた」

天界寺は斗南も何度か足を運んだことがあった。会同館から近い所にあって、やはり外国からの使節を受け入れることもある豪壮な寺院である。そこに収容されるのは明州の寺院にいる七十一名の日本人僧だけでなく、それまでに入明していた修行僧全員であった。一体何人になるか誰にも分からなかった。

「入明僧として来た者の中に、皇帝に逆らう勢力と連絡を取り合う輩がいるのではないか、という疑いが原因であろう。その上、明国内の往来を禁ずるとの仰せだ」

趙秩のその言葉に大きな衝撃を受けたのは斗南であった。

日本人僧のひとりとして天界寺に住まねばならない。しかも明国内の行動の自由はない。聞渓と子建は洪武帝の命令書を持ち帰るが、斗南が帰国することはまず無理というものである。趙秩は言った。

「斗南殿、これから大勢の同胞が来るが、どうか皆をひとつにまとめ統率してもらいたい」

その言葉に斗南は無言で頷くのが精いっぱいであった。

聞渓と子建が去ってひと月ばかり経って来たのは交易の手助けをしていた大用であった。大内氏の一行は日本から持参した産品を明国の名産品に替えて満足して帰ったという。やがて明の各地から日本僧が続々とやって来た。阿育王寺と天童寺で天祥と機先に指導を受けていた七十一名の僧も到着した。その中の一人、無初《むしょ》は天界寺住持の奇譚宗泐《きたんそうろく》に師事することがかねての願いであった。

日本人僧の総数は百名にも及ぶことが明らかになった。しかし修行を第一の目的として来た者だけあって、問題はほとんど起きなかった。状況を正確に伝えることに務めた斗南、天祥、機先、大用をはじめ椿庭と権中の統率力によるところが大きかった。

やがてひとりの日本人僧が天界寺に送られてきた。普通であればまず受け入れ責任者の斗南に引き合わされるところであったが、どういうわけか住持の奇譚宗泐の方丈に直接案内された。その席に斗南も呼ばれて、その日本人僧が誰であるか明らかになった。絶海中津《ぜっかいちゅうしん》と聞いて斗南は絶句した。京都の天龍寺で夢窓疎石《むそうそせき》に仕えた高僧であった。日本の禅僧であればその名を知らぬ者はない。今や明国でもその名声は知れ渡っていたのであろう。その柔和な表情からは日本で既に禅の悟りを極めた高僧という感じはしない。しかし中肉中背の普通の体躯であるものの後光が差すような威厳が感じられて、斗南は思わず襟を正した。

奇譚宗泐と絶海中津はまるで旧知の間柄であるかのように和やかに歓談している。

奇譚和尚が聞いた。

「杭州の中天竺寺《ちゅうてんじくじ》に入門したのはいつであったか」

「洪武元年、六年前になります」

「そうであったな。あれから半年して拙僧のもとに天界寺に移るよう勅使が来た」

「応天府の師のもとで再び修行できる有難き幸せ」

ふたりの高僧の話は次から次に展開して斗南には理解できない内容も多い。やがて天界寺の住持は言った。

「洪武帝は日本に対していささか猜疑心を抱いているようだ。洪武帝にもおぬしのような人物がいることを知ってほしいものよ」

それから数か月が経つと趙秩が天界寺に現れた。明州にまたもや日本からの使節が到着したという。聞渓と子建は順調に行って博多津に到着した頃であり、足利将軍が新たな使節を送ることはまず考えられない。もしや懐良親王の使者ということでないか。そんな想像が斗南の脳裏をよぎった。趙秩によればその使節も応天府に送られて来るという。

やがて会同館に到着した一行のうち、使者と名乗る僧の道幸《どうこう》と通事の尤虔《ゆうけん》が趙秩に伴われて天界寺にやって来た。薩摩の島津氏久《うじひさ》から派遣されたという。懐良親王に敵対する今川、大内、大友軍とよしみを通じていた島津氏も明との交易に多大な興味を抱いていた。大内氏と同様、将軍義満の編成した船団に加わりたいと望んでいたが間一髪のところで間に合わなかった。そこで独自の船を仕立てて、馳せ参じた次第であった。

そこで斗南は足利将軍の派遣した遣明使の顚末を、詳しく道幸と尤虔に語って聞かせた。最も重要なことは明に臣従する「表」であり、それは日本の最高権力者のものでなければならないことも。趙秩によれば島津氏久の親書は既に中書省に提出されているという。

気を弱くした二人に対して趙秩は明の海禁令について語った。洪武帝の建国以来、山東から南の沿岸地域に襲来する倭寇は頭痛の種であった。しかも倭寇と組んで洪武帝に逆らう勢力が明の統一を妨げており、それを一掃することが懸案だった。そのために海外との交易を禁ずる最初の海禁令が六年前に発布された。斗南が祖来を伴って来た三年前には、懐良親王の国書が不備であったこともあって二回目の海禁令が出された。日本国天皇が明皇帝に臣従する「表」をもたらすことが洪武帝の望むところであった。建国して間もない明国は極めて内向きの姿勢が濃厚であった。その原因として国内の統一が優先したことは明らかである。

島津の使者ふたりは肩を落として会同館に戻って行った。数日後、中書省から島津氏久の親書が退けられた旨の通知があり、貢物は差し戻され、使節はむなしく帰途に就いた。薩摩の産品は明州で売りさばかれたことは言うまでもない。使者は目的の半分が叶ったことで満足せねばならなかった。

斗南はこの出来事についてひとり静かに考えてみた。洪武帝の命によって我らは天界寺に閉じ込められたとはいえ、今後どのような展開があるのか。日本では足利将軍はじめ、有力守護大名は明との交易に多大な関心を抱いていることは確かだ。とすれば、今後も遣明船が渡来することは多いであろう。自分が日本に戻る機会は必ず訪れるであろう。そう考えると斗南の心は軽くなり、未来の希望に自らの運命を託すことにした。

季節が移りうだるような暑さの応天府にも幾分涼しい風が吹き始めた。そんなある日、趙秩がひとりの日本人僧を伴って天界寺の斗南を訪ねて来た。僧は豊後万寿寺で修行している霊昰《れいたん》と名乗った。今回の使節は豊後を支配する大友氏の派遣したもので、倭寇に連れ去られた漢人の捕虜、百九名を伴って来たという。明との交易を求める有力大名の関心の高さに斗南は改めて驚かされた。応天府の天界寺にいると日本の動向が手に取るように分かるのは不思議でもあった。

霊昰は住持、奇譚宗泐《きたんそうろく》に面会したいと斗南に頼んだ。霊昰は師の独芳清曇《どくほうせいどん》の肖像画を携えて来ており、その絵画に添える詩文の賛が欲しいと言った。斗南とて奇譚和尚はそう気軽に話の出来る相手ではない。逡巡の挙句、事の次第を伝えると、奇譚は思いのほか簡単に了解してくれた。

逆に斗南の方が驚いた。

奇譚はすぐに趙秩、斗南、霊昰の控える部屋に入って来た。

霊昰は緊張した面持ちで、日本にまでその名声が伝わっていた天界寺の高僧に師の肖像画を見せた。絵師に頼んで描かせたものだった。

それを見た奇譚は微笑みながら言った。

「独芳も年を取ったものだ。これに賛を欲しいと言ったか」

肖像画にしばらく見入っていた奇譚は、筆を執るとさらさらと詩文を書き入れた。

「他の者には意味は難解かもしれぬが、独芳は簡単に判るはずだ」

そう言うと奇譚は一同を残して部屋を出て行った。

独芳もまた天界寺で修行したことがあったと霊昰が言った。

大友氏の遣明使は島津氏と同様、洪武帝に受け入れられることはなかった。


それから瞬く間に二年が経ち、天界寺の境内には紅花油茶の椿が満開だった。明国内では元の残党征伐も進み、帝国としての統一もあと一息という状態になっていた。自ら築いた大帝国の頂点に君臨する洪武帝が、戦国時代を終わらせて統一国家を実現させた秦の始皇帝の域に到達した、と考えても不思議ではない。不老長寿を求める心境になったのであろうか。徐福について側近の誰かが洪武帝の耳に入れたのかもしれなかった。徐福とは秦の始皇帝の命令で、東方海上にある蓬萊《ほうらい》三山に不老不死の薬草を求めて船出した伝説の人物に他ならない。日本の熊野はじめ各地に徐福が来たという話が伝わっている。

かねて奇譚宗泐《きたんそうろく》が進言していた絶海の洪武帝拝謁が実現することになった。場所は応天府の英武楼であった。奇譚に伴われ洪武帝の玉座の前に絶海が跪くと楽が奏され、やがて洪武帝が現れた。奇譚が日本から来た名僧、絶海中津を伴って来た旨を奏上する。

禅宗では詩の形で悟りの境地を表現する偈頌《げじゅ》がある。日本人が和歌によって折々の心の在り方や自然を読み込んだように、漢詩は漢民族の歴史を通じて引き継がれて来た伝統的な表現手法である。

洪武帝は「賦三山《ふさんざん》」と絶海に言った。これは蓬萊三島《ほうらいさんとう》、すなわち日本に関する詩を皇帝の前で作れとの命令であった。

絶海は一礼するとおもむろに筆を取った。

熊野峰前徐福祠、

満山薬草雨余肥。

只今海上波濤穏、
万里好風須早帰。

日本の熊野にある徐福《じょふく》の祠《ほこら》の前では雨後に薬草が生い茂っている。明国の世は天下泰平、万里の風向きもよい。徐福よ、すぐに戻って来い。

実際は天下泰平どころか、大きな動乱の兆しさえあった明国であったものの、褒められて悪い気がしないのは誰しも同じであろう。洪武帝は次の詩を返したという。

熊野峰高血色祠、
松根琥珀也応肥。
当年徐福求僊薬、
直如至今更不帰。

熊野の峰の高いところにある生贄《いけにえ》が供えられた祠。そこの松の根は琥珀のようだ。薬草の他にも良いことがあるのか、今になっても徐福は帰って来ない。

洪武帝の気分はさぞ良かったのであろう。

日本人僧は日々の修行に明け暮れていた。天界寺の境内の椿が散り夏の暑さが訪れたある日、しばらく顔を見なかった趙秩が天界寺に現れた。またも日本から使節が着いたのではないか、と斗南は思った。斗南の予感は的中した。趙秩は言った。

「廷用文珪《ていようもんけい》という日本人僧が懐良親王の表を持ってやってきたのだ。国書の形式は見事に整っており、文面にいささか無礼な表現はあったものの、洪武帝に拝謁できることになった。天界寺に多くの日本人僧がいるが会いに行くかと廷用に聞いたところ、使命が済んだらすぐにでも行きたい、という返事であった」

懐良親王の使者とあれば、斗南はもちろん大用、天祥、機先も是非会って話を聞きたがった。

それから十日ほど経ったある日、趙秩に伴われた廷用が天界寺を訪れた。ふたりを前にして四人が対坐すると斗南が聞いた。

「貴僧はどの寺より来られたのでしょうか」

「後光厳天皇より土地と寺の額を与えられ、京都に転法輪蔵禅寺《てんぽうりんぞうぜんじ》を創建しました」

それを聞いて斗南は訳が分からなくなった。後光厳天皇は紛れもない北朝の天皇である。既に逝去されており、今は後円融天皇が皇位におわす。

「この度は懐良親王名の表をもたらしたというのはどういう事であろうか」

斗南は核心を尋ねた。

廷用の答えは、

「それについては御高察のほどを」

「……」

しばしの沈黙の間に斗南は今回の遣明使の背後に将軍義満の影を感じた。将軍が派遣した聞渓と子建の使命が満たされぬまま、将軍が手をこまねいているはずがないと斗南は思った。

話題を変えるかのように廷用は斗南に言った。

「趙秩殿もここにおられるちょうど良い機会だ。折り入って頼みたいことがあるゆえ、住持の奇譚宗泐師に会わせていただけないだろうか」

趙秩もうなずくので斗南はその旨を奇譚に伝えた。

待つこと半時、奇譚が姿を現した。趙秩は遣明使の廷用を紹介するとともに、洪武帝との拝謁の有様を語った。

廷用は畏まって拝礼すると言った。

「高名はるか日本に及ぶ師に拝謁できること、誠に有り難き幸せ。恐れながらお願い申し上げます」

そう言って廷用が最初に願い出たのは、予期せぬことであった。天界寺に日本僧が集められていることは日本にも聞こえていたのだ。中でも絶海中津には日本に戻り禅宗指導を担ってほしいという嘆願であった。それに対して奇譚の答えは絶海がそれを望むか、そして皇帝がそれを許すかという点であった。

次に廷用が申し出たことは、天界寺で「元史」の編纂に当たっていた宋濂《そうれん》に、廷用が創建した転法輪蔵禅寺の「寺史」を書いてもらうことであった。

「確かに宋濂殿はここで元史編纂の主任であったが、その仕事は既に終わり、今は翰林院《かんりんいん》に戻っておられるはずだが。これは趙秩殿に頼む話のようであるな」

趙秩はおもむろに語り出した。

「王朝が替わると新王朝は旧王朝の歴史を書くのが常であった。それも王朝の交代から長い時が経ってから着手されるのが普通で、元が宋史を完成したのは滅亡の直前であった。ところが洪武帝が元史編纂を命じたのは洪武二年、建国して二年目であり、しかもその半年後には完成した。前王朝の評価が定まっていない時期の異常に早い元史編纂命令だった。宋濂が天界寺にいたのはごく短い期間で、今は皇帝詔書の起草を担当する翰林院におる。いわば皇帝の秘書室のようなものだ」

洪武帝の許しが下り、絶海中津も日本に戻る決心をしたのは翌年のことだった。その間に廷用の願いも宋濂に聞き入れられ、「日本瑞龍寺重建転法輪蔵寺記」は完成していた。天界寺の幽閉状態を解かれて帰国した絶海中津、明国の超一流の知識人さえ動かした廷用は、斗南には及びもつかない天才の輝き以外の何物でもなかった。

それから二年後、椿の花が散り、応天府に夏の暑さが感じられる季節になった。趙秩が三人連れで天界寺に現れた。どこかで会ったことのあるような人物を伴っていたが、それが誰であったかわかるまで斗南には大して時間はかからなかった。

斗南は大声で叫んだ。

「尤虔《ゆうけん》殿ではないか」

それは五年前に島津氏久の遣明使、道幸の通事として来た人物だった。思いがけない出来事に斗南は何を話したらよいものかすぐには思いつかなかった。とりあえず大用、機先、天祥を呼んだ。一同が揃うと尤虔は筋道を立てて語り始めた。

「こちらが島津氏の正使、劉宗秩《りゅうそうちつ》殿でござる」

紛れもない漢人である。

「生まれは泉州。交易に携わり日本に来た二年前より島津氏に顧問として仕えておる」

泉州は明州の南西にある交易の盛んな港町である。

「今川勢が南朝方の征西宮と対峙していることはおぬしも知っておろう。その今川貞世がこともあろうに参陣した筑前の少弐冬資を謀殺したのだ。島津氏が渋る少弐氏を説得して北朝方に加わらせたこともあり、この暴挙を腹に据えかねた島津氏は今や南朝方に味方しておる」

尤虔の説明に全てを理解した斗南は聞いた。

「すると今回は紛れもない懐良親王の国書を持参したのであるな」

「その通り」

「征西宮はご健在であられるか」

斗南は思わず大きな声で尤虔に聞いた。

「おお、征西府館を出られてから筑後の高良山城に籠っておられたが、今や肥後隈府城まで後退された。七年前におぬしが明使と共に来たこともご存じじゃ」

それから半時あまり、斗南は堰切ったように尤虔に数々の問いを浴びせかけた。


尤虔と劉宗秩の明使が首尾よく使命を果たして帰国の途に就いたのはそれから半月後のことであった。一種の虚脱感に襲われた斗南は、楊載と呉文華とともに初めて征西府館を訪れた十年前のことを思い出していた。月日は矢のごとく過ぎ去り、自分は三十歳になっている。今まで無我夢中で走り回っていたようで、後ろを顧みることなどほとんどなかった。これから一体どのような人生が待ち受けているのであろうか、一抹の不安が斗南の心をよぎった。

# 四　流罪

天界寺の境内に紅花油茶の椿が咲き始めたある日、思いがけなく楊載が斗南を訪ねて来た。斗南が最初に明使の通事として征西府に行った時は正使、次は副使として重責を担った人物である。日本人僧が天界寺に幽閉されて以後、いつも訪ねて来たのは趙秩であったが楊載も元気でいることは聞いて知っていた。

斗南が接客の間に通そうとするのを遮って楊載が言った。

「いやいや、今日は気持ちの良い天気ゆえ、少し境内をゆるゆると歩きながら話がしたい。良いかな」

二人だけになって境内の小径を辿りながら話をすることなど今までなかったことである。斗南には楊載が人目を避けているような気がした。初めは当り障りのないことを話していた楊載の表情が次第に強張るのがわかった。

「ところで斗南殿は胡惟庸《こいよう》という名を聞いたことがあるかな」

「はい、洪武帝の側近で中書省の左丞相《さしょうじょう》という宰相の地位にあるかたでしょうか」

「その通り。これから話すことはここだけのこと、決して他には漏らさぬように。よろしいか」

斗南には何のことか思い当たる節もなく良い話ではないことを察した。

「わかりました」

「最近この重臣と皇帝との間がどうもしっくりといっていない。二人は折あるごとに対立するようになって、その影響が我らにも及び始めた。その原因は明初に求めることができるが、簡単に言えば対外政策の考え方の相違だ。

皇帝に逆らう江南の地は張至誠《ちょうしせい》が支配していた地域だった。東の海にまで勢力を広げ倭寇と組んで沿岸地域を襲うことも多かった。皇帝が海禁令を発してこの一味の力を削ぐことに腐心したのも良く分かる。しかし胡惟庸殿は海外交易を推進しようとする考えに固執した。建国の重圧も加わったのであろうか、皇帝は次第に神経を高ぶらせることが多くなり、やがて胡惟庸殿との関係も次第にうまくいかなくなった」

「そのような大事な話を、なぜ拙僧のような者に話されるのでしょうか」

「よいか、ここからが肝心なことだ。胡惟庸殿が外国勢力を巻き込んで、皇帝に謀反を抱いているとの噂がわれらの耳にも聞こえてきたのだ」

その言葉の意味することを斗南は考えた。

「まさか懐良親王か足利将軍との間に密使の往来でもあるということでしょうか」

「その証拠があるわけではない。しかし胡惟庸殿が派遣した密使は、北に逃れた元の残党である北元と日本に向かったという。北元はともかく、日本に関してはその信憑性は甚だ薄いといわねばならない。懐良親王や将軍義満、まして大内氏、島津氏であっても明帝国の転覆を謀ることなど微塵も考えていないであろう。しかしこれらの有力者が倭寇を完全に掌握できなかったことを洪武帝が苦々しく思っていたことも事実である。明の反抗勢力が倭寇と結託していると考えた洪武帝にも一理ある。よいか、斗南殿、これから天界寺の日本僧に不幸なことが起こるかもしれぬ」

そう言い終わると楊載は足早に去って行った。

それから数日後、紫禁城の異変は天界寺の中にまで伝わって来た。胡惟庸は殺され、連座して要職にあった趙秩はじめ、日本と関わりのあった人物が一網打尽に捕らえられたという。天界寺にいた日本人僧も処罰の対象から逃れることはできなかった。いわれのない陰謀の罪を負わされた日本人僧を待っていたのは過酷な運命であった。百名に近い僧の全員が死罪ということになった。こうして天界寺の住持、奇譚宗泐《きたんそうろく》の嘆願にすがる以外に命が助かる可能性はなかった。

日本人僧全員が法堂《はっとう》に集められた。ここは経典を学ぶところで、こんなことは今までなかった。一同は緊張した面持ちで互いに顔を見交わした。重苦しい沈黙の中に奇譚和尚が現れ着座した。一同が静まった時に奇譚和尚が語り始めた。

「皆の者、よく聞くがよい。中書省の左丞相、胡惟庸殿が失脚された。趙秩殿も同じ謀反の罪で拘束された。理由は北元と日本に通じて洪武帝に反逆した罪である」

しばしのざわめきがあった。

「ここにおる皆の者の助命を願い出ておる。その結果は数日中に伝えられるであろう。今後どのようなことが起ころうとも心をしっかり持って禅の道に励め」

そう言うと奇譚和尚は法堂を後にした。

その翌日、紫禁城から日本人僧を連行する捕吏の一群が天界寺に現れ、斗南、椿庭、権中の三人の名を挙げた。さらに日本人僧の三名の名が呼ばれた。七十一名の入明僧に含まれる竜泉、山海、星雲であり、控えめで目立つことのない人物であった。

六人が素直に前に出ると全員の首に枷《かせ》がはめられた。両手は首の左右にある横木の穴に固定され、腰には縄がかけられ引き立てられた。道筋には哀れみの眼差しでこの囚人を見つめる人びとがいた。斗南はこの情景をどこかで見たような気がした……そうだ、二度目の航海の時、嵐に見舞われた船が五島に漂着した時だ。大きな木の下でまどろみの中で見た情景だ。

残された一同は自分に嫌疑が及ばなかったことに胸をなでおろした。しかし大用、機先、天祥の三名は逮捕された六名の身の上を案ずるばかりであった。

捕吏は捕らえた六名の僧を城壁に隣接する石造りの獄舎に連れて行った。石を穿いた小さな穴から僅かな光が差す独房に押し込められた。やがて獄吏が斗南の前に現れ、取調室に引き立てた。そこは岩肌が露出する大きな部屋で、拷問用の器具が斗南の目に飛び込んで来た。

「着ているものを脱げ」

命じられた斗南が衣類を脱ぐと、二人の捕吏が斗南を大きな台の上にうつ伏せにして手と足を両端にある腕木に縛り付けた。

「よいか。これから聞くことに素直に答えよ。嘘、偽りを申せば容赦はしない。趙秩と図って明皇帝に反逆する計画を聞かせよ」

身に覚えのない斗南は答えた。

「我らは禅の修行で明に来た者、そのような謀《はかりごと》は一切知らん」

傍に控えていた獄吏の一人が渾身の力を込めて鞭を振り下ろした。

生まれて初めて受けるむち打ちの痛さは想像以上であった。しかし斗南は歯を食いしばりその責め苦に耐え続けた。その間、獄吏は今まで調べ上げた、斗南の日本渡航を詳細に挙げて自白を強要した。知らぬことは知らぬ、の一点張りを押し通した斗南は気を失った。すると頭から水が浴びせられ、尋問はなおも続けられた。どのくらいの時が経ったであろうか、気が付くと斗南は独房に横たわっていた。

椿庭と権中の取り調べも厳しかったが皆の答えは全く同じであった。獄吏はこれ以上追及しても何も出て来ないと納得したようで、翌日には斗南、椿庭、権中は天界寺に戻された。不安な思いで六人の身の上を案じていた日本人僧は、三人が帰ったことに胸を撫で下ろした。しかし歩くのもままならぬ姿を見て、加えられた拷問の凄まじさに同情の念を禁じえなかった。しかし残りの三人はいつまで待っても戻ってこなかった。

翌日には応天府の広場で公開処刑が行われたことが天界寺の日本人僧の耳にも達した。竜泉、山海、星雲もその中に含まれていたが、どのような罪に問われたかは知る由もなかった。最後まで無罪を声高に叫んで落命した趙秩は人々の涙を誘ったという。


それから三日後、日本人僧は雲水の旅支度で天界寺の境内に整列した。荷物といっても首から下げた頭陀袋《ずだぶくろ》に僅かな私物を入れてあるだけである。斗南、椿庭、権中の三人も拷問の傷はまだ癒えてなかったものの、痛む体を労わりながら列に加わった。すべての日本人僧は流罪と決まった。捕吏の隊長が日本人僧ひとりひとりの名前を読み上げる。全員が揃っていることを確認すると、それぞれの流罪先が伝えられた。

「椿庭と権中は蜀《しょく》（四川）。斗南、天祥、機先、大用の四名は雲南。無初とその他の者は殊崖《しゅがい》（海南島）。なお雲南に送られる四名は蜀までは一緒と決まった」

どこも遥かな辺境の地であった。

「雲南は明帝国の南西にあり、今も明軍は征服の途上のようだ」

大用は捕吏の一人から聞いたことを天祥、機先、斗南の三人に伝えた。

「天竺《てんじく》に近いのであろうか」

楽天家の天祥はそう言って自らを励ました。

「蜀とはどんなところかの」

椿庭が呟いた。

「歴史にしばしば登場する地で険しい山には仏教の聖地もある」

権中の知識に各々の想像を膨らませた。

「それにしてもなぜ我々だけが別扱いなのか」

機先が自問した。

「趙秩殿と親しかったので一層重い罪を課されたのではないか」

大用は皆が想像することを代弁した。

「殊崖はどこか」

無初が聞いた。

「南海の果ての流刑地のようだ」

斗南がかつて占城《チャンバ》から来たという使節から聞いた話を伝えた。

「泉州よりずっと南にある大きな島で、罪の軽い者は船で全員そこへ送られるらしい。その島より遥か南に占城という国があるという」

かつて大挙して入明した僧侶の世話役を勤めた大用が無初に言った。

「禅の道一筋に励んできたおぬしであれば、大勢の日本人僧をまとめられると思われたのであろう」

「奇譚和尚のもとでもうしばらく修行をしたかったのだが……」

無初は肩を落とした。

その時ひとりの僧が言った。

「殊崖とは唐の高僧、鑑真和上が流れ着いた島ではないか」

「おお、その通りだ」

誰かがそれに答えた。すると次々に声が上った。

「五回目の渡海を試みた時、嵐で流された船が着いた島だ。確か大雲寺という寺があって、鑑真和上が逗留されたと記憶しておる」

この言葉はここに集められた入明僧全員に、自分たちの偉大な先達である遣唐使のことを、そして数々の妨害や大嵐を乗り越えて、日本に仏教の戒律を伝えた鑑真のことを思い出させた。六百年以上前の出来事が今の自分たちの身に降りかかった災難と重なった。それと同時に視力を失ってまでも日本に渡る鉄の意志を貫き通した高僧の話は、殊崖に送られる者に生きる希望を与えた。

「それだけではないぞ。北宋の詩人、蘇軾《そしょく》もそこに流された」

「しかも許されて島から出ることができたと聞いたが」

多くの学僧の知識は並のものではない。二百八十年前の政治家、書家でもあった蘇軾は流罪の身となって過酷な状況を生き抜いた人物であった。それも一度は赦免されて返り咲いたものの、二度目の流罪で殊崖に追放された。その強靭な生命力と不屈の精神が一同の落ち込んだ気持ちを奮い立たせずにはおかなかった。

「蘇軾は蜀の生まれのはずだが」

誰かが言ったこの一言が椿庭と権中の脳裏に埋もれた記憶を掘り返した。

「突然の運命の転換に狼狽するばかりであったが、これも新たな修行の道なのであろう」

今まで不運に打ちひしがれてばかりいた椿庭と権中の心にも、僅かながら希望の火が灯るような気がした。


天界寺を出ると全員が罪人の扱いとなった。殊崖に配流となる九十名余りの日本人僧は五人ずつ檻に車がついた檻車《かんしゃ》に乗せられ応天府の港に運ばれて行った。斗南たち六人もそのあとに続いた。港に着くと殊崖に送られる者は、大きな船に乗せられ檻に収容された。感情を露にする者がいなかったのは修行を積んできた僧侶ならではであった。しかし多くの者は溢れる涙を止めることはできなかった。

斗南は応天府に来てからの年月を振り返った。

「九年になるか」

ひとり呟いたが、思いは皆同じだった。

振り返れば応天府の市壁が高々と聳え、去り行く者は二度と目にすることはできない都の威容を網膜に焼き付けた。

囚われの僧を乗せた二隻の船は長江を下り鎮江《ちんこう》まで進んで行った。やがて長江の川面に夕闇が迫ると鎮江の港に船は係留され、檻の中で囚人は一夜を明かした。東の空が明るくなると殊崖行の僧侶たちに、そこで蜀と雲南に送られる斗南たちといよいよ最後の別れとなることが伝えられた。殊崖へはそのまま長江を下り、斗南、機先、大用、天祥、椿庭、権中は京杭運河を北に向かうこととなった。

やがて船が動き出した。無初の統率が優れている証拠に大勢の日本人僧は一斉に誦経を始め今生の別れを告げた。それに答えるように斗南たちも経を唱え始めた。朝もやの中に互いの船の姿が見えなくなってもその声が響いていた。

斗南たちを乗せた護送船は囚人だけを乗せていたわけではない。穀物をはじめ種々の積み荷を運ぶ平底の、帆を備えた運搬船であった。罪人の檻は荷物の一つに過ぎない。長江を後にした船は京杭《けいこう》運河を北に向かった。運河の幅はおよそ二丈（約六メートル）、両側に道が整備されていた。時には多数の水牛が船を引いて行くこともあった。力の強い去勢された雄牛はおとなしく、船運に欠かせない動力でもあった。家畜を利用する上でまことに有効な去勢という技術は日本でも知られていた。しかし普及しなかったことは日本人の倫理観にそぐわなかったからであろう。まして宦官《かんがん》などという役職など日本の歴史上、いかなる権力者であっても採用したことはなかった。

自由を拘束されている囚人にとって、狭い檻に留め置かれていることの苦痛が次第に大きくなっていった。禅寺での壁に向かっての厳しい座禅修業を積んできた日本人僧にとっても、その境遇は楽なものではなかった。漕ぎ手の掛け声やすれ違う船の絶え間ない喧騒は、瞑想する僧を妨げた。しかも体を動かせない苦痛とも戦わねばならない。手足を伸ばすことのできるのは一日三回の排泄と食事の機会だけである。あてがわれる食べものは粥と僅かな野菜の漬物だけ。しかし耐えるしかないことが全員に分かっているだけに、ことさら騒ぎ立てることもない。

護送役人の隊長は普段は囚人と話をすることさえ部下に禁じていたが、日本人僧の振舞いに抵抗の様子がないことを確認したようであった。次第に態度を軟化させてきていることが明らかだった。運河に沿って植えられている柳の緑が一層濃さを増している。日差しが強まってきていた。哀れに思ったのか、隊長は檻に布の覆いを架けるよう指図した。その思いやりに感謝の言葉を返したのは斗南であった。

「李《り》隊長、ありがとう」

部下がそう呼んでいるのを聞いていた斗南は、何のこだわりもなく名を呼び掛けただけであった。しかしその一言が李隊長と囚人との距離を一挙に縮めた。

「やがて揚州が見えてくる」

その地名に敏感に反応したのは椿庭であった。

「鑑真和上が生まれたところだ。しかも住持を務めた大明寺《だいめいじ》がある」

李隊長は思いがけない椿庭の言葉に気を良くした。

「おお、その通りだ。よく知っておるの。わしも揚州の生まれで誇りに思っておる」

椿庭はその言葉を聞くと感慨を込めて呟いた。

「仏教の戒律を日本に伝えて欲しいと、栄叡《ようえい》と普照《ふしょう》が鑑真和上をここに訪ねて来たのは六百年も前の唐の時代だった。しかし当時も渡海が禁止されていたという。その禁止令を破ってまでも日本に渡ろうとした鑑真和上の熱意はどこから湧いてきたのであろうか」

「恐らく栄叡と普照の命を懸けた懇請であろう」

天祥が言った。

「鑑真和上を日本にお連れする使命を帯びた栄叡は、失敗して囚われの身となった。しかし死人を装って脱獄、鑑真和上と共に船出することができた。ところが嵐のため殊崖に漂着して三年後、揚州に戻る途中で命を落としたという」

「我らも栄叡の志を肝に銘じて、この境遇に断じて挫けてはなるまい」

機先の言葉には力が籠っていた。


やがて揚州の市壁が船の行く手に見えて来た。応天府に劣らない威容である。赤い旗が翻っている。柳の緑が一層美しく映えている。

「揚州は隋の皇帝、煬帝《ようだい》が気に入って江都に定め、仙人も迷うと言われた迷楼宮を建てさせたところだ。隋の都は大興《だいこう》（長安）であったが、揚州に来るために運河を開削させた、と伝えられておる。しかも高句麗を攻めるために河北まで運河を造らせたとも。いずれにしても途方もない大事業に変わりはない」

李隊長の話を大用が引き継いだ。

「隋の初代皇帝の文帝はひたすら国力の増強に努め帝国の礎を築いたと言われる。しかし次の煬帝はその財宝を惜しげもなく離宮の造営と大運河の建設につぎ込んだそうだ。何とも思い切りの良い皇帝であったものよ」

「その通り。親が苦労して築いた財産を、息子が散財することはよく聞く話だ。しかしこのように今でも使われている大運河建設は民に辛苦を強いたであろうが、それはそれで立派な施策であることも疑いない」

李隊長はそう言うと揚州の町に上陸する準備を部下に命じた。

収監されている囚人は上陸することは許されなかった。せめて鑑真和上ゆかりの大明寺に参詣できれば揚州に思い残すことはなかったが、それを口に出すことさえ憚られた。六人の囚われ人は大明寺の方角に向かって合掌した。

東の空に日が昇ると李隊長が船に乗り込み、揚州を出発した。運河の流れによっては漕ぎ手が船を進めて四日後には淮安《わいあん》に到着した。すると揚州から運ばれた積み荷の一部はここで降ろされ、あらたな荷積み作業がすばやく行われた。夕暮れの薄明りの中に人々が忙しく動き回る姿が見えた。淮安は江南の物資を中原に輸送する中継拠点として栄えていた。淮河《わいが》の畔に発展したところで河を下れば海も近い。ここから海に出て日本に帰ることができたら、そう考えていたのは斗南だけではなかった。以心伝心とも言うべきか、全員が東の方を向いていた。

日が落ちると月が出た。仰げば満天の星である。今まで望郷の念を抱いて夜空を仰ぎ、しみじみと星の瞬きを眺めたことはなかった。船着き場には星と同じくらいの光が舞い始めた。蛍であろうか。蛍は清流に棲むもの。混濁したこの河にいるわけがない。するとこれは幻か。その乱舞の光景は故郷の田んぼを思い出させた。それは日本に残してきた肉親の魂のようでもあり、殊崖に向かった日本僧の化身のようでもあった。その光も東の空が白み始めるとかき消すように見えなくなった。

「今日から通済渠《つうさいきょ》と呼ばれる運河を経て開封《かいほう》に向かう。かつての宋の都、汴京《べんけい》だ」

夜明けとともに船に乗り込んで来た李隊長が言った。

船は淮河《わいが》を渡って再び運河に入った。

「黄河と淮河を結ぶこの運河は煬帝の大事業の一部だ」

李隊長が再び呟いた。

隋や唐の都が中原にあった当時、江南の豊かな収穫は帝国を維持するために不可欠であった。その輸送路の確保は死活問題であったろう。煬帝が江南の風景を好み、そこに行くために運河を開削させたとはいえ、それは帝国を維持する血管の機能を果たしたともいえる。その運河を囚われの身となって遡上していく。まるで帝国の歴史を遡っていくような気がしたのは斗南だけではなかった。

いくつもの大きな城市を経て日差しがすっかり夏になった頃、開封の威容が見えて来た。船は市壁に設けられた運河の門をくぐった。今まで通過してきた処では城壁の外に船着き場があって、囚人の日本僧が城市の賑わいを直接目にすることはできなかった。しかしここでは輸送船が直接入ることができた。

運河にかかる橋の上を大勢の人々が行き交い、町の喧騒が耳に入って来た。人々が好奇の眼差しを日本人僧に投げかける。やがて船着き場に到着すると積み荷が降ろされた。ほとんどの荷物が下ろされた船内は急に広くなった。

商人らしき人物が船に近づき囚人に声をかけた。

「どこから来た」

斗南が答える。

「我らは応天府から送られて来た日本人僧だ」

「日本人か。ここには囚人を乗せた船が度々来るが日本人は初めてだ。一体何をしでかしたのか」

「何もやってはおらぬ。ただ捕らえられ送られて来ただけだ」

「送られてくる囚人は役人や文人がほとんどだ。都では起こっていることは洪武帝による粛清のようだ」

そこに李隊長が現れ、商人を追い払った。

翌朝早く護送船は少なくなった積み荷とともに船着き場を離れた。視界に赤い高い塔が見えた。

「鉄塔と呼ばれておるが木造だ。壁に褐色に焼かれた煉瓦がはめ込まれているのでそう呼ばれておる」

李隊長が説明してくれた。

「唐が滅び帝国の乱れが五十年続いた後、再び統一を果たしたのが宋であったことは知っているな」

囚人は全員うなずいた。

「宋の太祖《たいそ》趙匡胤《ちょうきょういん》は隋や唐の都ではなく黄河の畔、この通済渠《つうさいきょ》の始点を帝都と定めた。江南の穀物が集まる物流拠点と言ってもよい。商業の中心、交通の要衝の地だ。宋は経済大国であり、武人が力を持つことを恐れた。唐が地方を治めるために派遣した節度使《せつどし》が軍閥となって滅びたことから、その勢力を弱めることに腐心した。すると宋に侵入する辺境の外敵に備える守備隊の弱体化を招いた。万里の長城の北に領土のあった遼《りょう》の南下を防ぐため、力による防衛ではなく懐柔策を用いたのだ。宋は絹と銀を毎年遼に渡す約束で平和が保たれた。宋の力が衰えた時、遼を滅ぼした金《きん》が台頭、二度にわたり開封を攻めた。皇帝欽宗《きんそう》と太上皇徽宗《きそう》は金の軍門に下り、かくて北宋は滅びた」

歴史家のような李隊長の説明を聞いていた椿庭が口を開いた。

「芸術家の徽宗皇帝の描いた絵画や蘇軾の書はどうなったのであろうか」

「開封を蹂躙した金軍に、歴代皇帝が集めた芸術品と共にすべて持ち去られた」

深いため息と共に囚人は城市の賑わいにあらためて視線を送った。

「富国強兵は国の基本だが、国土防衛のため敵国に金を払うなどとは実に情けない話だ」

権中が腕組みをしながら首を傾げた。

宋の歴史を聞いている間にも、船は開封の城市を後にして大きな河に進んで行った。

「これから黄河を西に向かい洛陽を目指す」

李隊長が号令をかけた。

初めて目にする黄河の水は確かに黄濁している。大地をその流れに溶かし込んだ水は悠久の歴史の流れそのもののように感じられた。数日を経て、またもや大きな城市が見えて来た。洛陽であった。船着き場には夥しい輸送船がひしめいていた。

「ここから北平府《ほくへいふ》(現在の北京)に向かう運河は永済渠《えいさいきょ》といって隋の煬帝が造らせたものだ。当時の目的は高句麗を攻めるためだった。通過してきた淮安から直接北に向かう京杭運河もあるが、これは元時代の都である大都《だいと》(現在の北京)から直接江南に至る水路である」

李隊長の言葉にはいつも驚かされる日本人僧であったが、広大な帝国支配の大動脈ともいえる大運河の構想にあらためてため息が出た。

ここまで来ると今まで見なかった山々が黄河の流れの先に見えた。すると手前に大きな城市が現れた。

「洛陽に着いたようだな。応天府からの船旅はここまでだ。この先に三門峡という黄河の難所があって、これから先は陸路を行く。洛陽を後漢の光武帝《こうぶてい》が都と定めたのは今からおよそ千三百年も前のことだ」

想像もできない昔のことで、この国の歴史の長さに改めて圧倒された。日本人僧はここで護送船上の最後の夜を過ごした。


夜が明けると青々とした空が高かった。李隊長が船に乗り込み日本人僧に言った。

「今までの船旅は何事もなく極めて順調であった。今日から陸路で蜀を目指す。檻車が着き次第それに移る」

狭い檻で過ごす苦痛は忍び難かったが、何よりも足の衰えは隠すべくもなかった。到着した檻に車輪のついた檻車に乗り移るだけのことが大仕事であった。騎乗した衛士の先頭に李隊長が進み、馬に引かれた檻車が出発した。城市に入るとその朝の賑わいが目に飛び込んで来た。好奇の眼差しが一斉に囚人に向けられたが、それも一瞬で、人々の関心はさほどのこともなかった。多分このような罪人護送の光景は珍しいものではないのであろう。

陸路を行くのは初めてであり、船旅の揺れと違って車の振動が苦痛にさえ感じられた。やがてその揺れにも体が慣れ始めた。その時、権中が何かを思い出したように大声を出した。

「李隊長、この近くに嵩山《すうざん》少林寺はありませんか」

「洛陽の西にある。既に我らが船で通り過ぎたあたりだ。さぞ残念であろうが戻るわけにはいかん」

六人の日本人僧は禅を学びにやって来たのだ。権中に言われて全員がその少林寺という寺の意味することに気が付いた。天竺《てんじく》から来た達磨大師がとどまった聖地であった。禅僧であれば座禅修業は日常の勤めである。面壁《めんぺき》と伝えられるように達磨がその寺にある洞窟の壁に向かって座禅したことは、ここにいる者は皆知っていた。一度で良いからそこを訪ねたいと思わぬ者はいなかった。

権中が皆に語った。

「天竺から達磨が来たのは、後漢が滅びた後、隋が諸国を統一する以前の南北朝時代だった。歴史的にも仏教が極めて重んじられた今から八百六十年前の昔だった。訪ねたのは仏教の信仰心が篤い梁《りょう》の武帝であった。都は建康《けんこう》と呼ばれ、我々が捕らえられていた応天府のことだ」

「達磨大師も応天府に来たのか。すると天竺から船で来たのであろうな」

斗南は呟いた。

仏教を深く敬って多くの寺を建てさせた武帝と達磨のやり取りの話を権中は続けた。

武帝が達磨に問うた。

「功徳はあるか」

「煩悩を増やしているだけで功徳はない」

「それでは真の功徳とは」

「この世界では求められるものではない」

「四つの真理があるというがそれは何か」

「そんなものはない」

「朕の前にいる者はだれか」

「空であるため認識できない」

武帝は達磨の答えに満足できなかった。達磨はこれ以上ここにいる意味はないと思い、梁を去り北魏《ほくぎ》の嵩山少林寺に来た。北魏も孝文帝の時代に仏教が栄えていた。達磨が都の洛陽に来た時には既にその孝文帝は亡くなっていた。しかも北魏の朝廷に内紛が起こり、梁のように皇帝に拝謁するような状態ではなかった。達磨は為政者の骨肉の争いの最中に仏教を広める可能性はない、と判断したのであろう。

「達磨大師も我らと同じ道を辿って応天府からここまで来たのであろうか」

大用が言った。

「その頃はまだ大運河はなかったはずだが。恐らく船旅が多かったに違いないの」

椿庭が答えた。

「それにしても、達磨大師は天竺から遥々やって来て、ここで座禅に明け暮れた。教えを受けようとした慧可《えか》は何度も拒否され、自らの左腕を切り落として決意を示したという。何とも壮絶な話だ」


日も山の端に傾きかけた頃、李隊長が前方を指さした。

「あれが黄河最大の難所、山門峡《さんもんきょう》だ。激流にそそり立つ大きな三つの岩がその名前の由来だ」

高い山あいから轟音を立てて流れ下る濁流は檻の中の日本人僧の度肝を抜いた。明に来て以来それまで峻険な山を目にしたことがない一行には、まさに異郷に足を踏み入れるような心地であった。その日は三門峡の駅舎で一夜を明かすこととなった。

翌日もその翌日も晴天に恵まれ檻車は何事もなく進んだ。前方に急峻な山が迫って来るのが見えた。すると狭い谷間を塞ぐように高い楼門が見えて来た。

「名前くらい聞いておるであろう、あれが函谷関だ。戦国時代の斉の孟嘗君《もうしょうくん》が秦の昭襄王《しょうじょうおう》の追手から逃れたのもここだ」

すると権中が補足するように言った。

「今から千六百年も前のこと、孟嘗君は多くの食客《しょっかく》、つまり居候を抱えていた。その中には盗みやものまねがうまいというだけで抱えられた者もいたそうだ。その何の役にも立ちそうもない食客が孟嘗君を窮地から救いだすことができたという話だ。秦の昭襄王から逃れてこの函谷関に辿り着いた時、まだ夜は明けておらず門は固く閉ざされていた。一番鶏が鳴くと初めて楼門が開くことになっていた。食客の一人が時を告げる鶏の物まねをすると一斉に他の鶏も鳴きだして楼門が開けられ、孟嘗君は虎口を脱することができた」

「おう、良く知っておるな。この話は日本まで知られているとは驚きだ。その函谷関の楼門を潜り、これから関中と呼ばれる数々の王朝の都が置かれた土地に足を踏み入れることになる」

谷は両側から迫り、僅かな人数しか通ることができない狭隘な通路が延びている。敵が攻めてきても僅かな人数で守ることができる天然の要塞である。

関中に入った翌日、一行は黄河が西から北へ大きく湾曲する地点に差し掛かった。

「渭水《いすい》（渭河）が黄河に注ぐ交通の要衝、潼関《どうかん》だ」

李隊長が言った。

渭水の流れは今まで遡って来た黄河に比べれば確かに小さな河川である。その彼方に日が沈んで行った。

「谷間を蛇行する渭水は砂を多く運んで来る。そのため浅瀬も多く船の運航には熟練した船頭でさえ苦労していた。煬帝は渭水の畔、都の大興《たいこう》から潼関まで渭水に並行する運河、広通渠《こうつうきょ》という運河を造った。それが大運河の始まりということになる」

潼関を後にして二日目の夕刻、一行は長安に着いた。今まで辿って来た山あいの道から急に広々とした平原に出たようだった。檻車は城門を潜り市街の雑踏を抜けて牢獄の前で止まった。李隊長は馬から降りると門番の指さす獄舎に入って行った。応天府から到着報告のためであろう。やがて獄吏が現れ、日本人僧は檻車から降ろされた。用を済ませると全員牢に収容され、水と食事が与えられた。固い石畳ではあるが手足を伸ばせる広さがあった。牢の格子から城壁の頂部が見えた。日が落ちるとその城壁の上に月が昇って来た。見事な満月である。

「天のはらふりさけみれば春日なる三笠の山に出でし月かも」

天祥が呟いた。

椿庭が問われたわけでもないのに話し出した。

「遣唐使として阿倍仲麻呂《あべのなかまろ》が唐に来たのは玄宗皇帝の時、今から六百年くらい前のことだ。当時の遣唐使は短期と長期留学の二種類があった。短期というのは日本の使節として来て、使命を果たせば帰国した。いわば皇帝への拝謁と視察が主な任務だった。対して長期留学組は二十年にも及ぶ研鑽が目的で、阿倍仲麻呂は十七歳の長期研修生だった。当時の宮廷詩人李白と知り合ったことから玄宗皇帝の朝廷に仕えることとなった。よほど優秀な人物であったのだろう。在唐三十六年、五十三歳の時に日本に帰ることになった。恐らく我らが来た運河を下って明州に行ったことであろう。ところが船は嵐に遭って占城《チャンパ》まで流されてしまった」

天祥が思い出したように言った。

「我らの仲間が向かっている殊崖の南だな」

「苦しい旅の末、阿倍仲麻呂は再び長安に帰り着くことができた。望郷の短歌は明州か蘇州の月に寄せたものと言われている。しかし日本には帰ることができず、とうとうこの地で果てた」

六人の頬は涙に濡れた。

椿庭は鑑真和上の人生を思い出した。日本に向かう船が嵐に遭い、漂流の末に殊崖まで流された。しかし視力を失ってまでも日本に行くという変わらぬ意志を持ち続けた。では阿倍仲麻呂の場合はどうだったのか。唐の朝廷に仕えた身であれば玄宗皇帝の寵姫、楊貴妃《ようきひ》のことを聞いていたに違いない。皇帝が政《まつりごと》に興味を失い、享楽に日を過ごしていたことも知っていたであろう。そんな宮廷の有様を見て、日本に帰ることを決心したのではないか。もはやこの国で学ぶことはない。真面目に朝廷に仕える価値があるのか。もはやこの国では自分の使命感を鼓舞するものはない。そこで帰国の決心を固め、船出したものの遥かな南まで漂流する運命が待ち構えていた。この体験は虚脱感を増幅したかもしれない。阿倍仲麻呂の人生も椿庭には理解できるような気がした。

「海の嵐ほど恐ろしいものはない」

斗南は自分の身に起こったことを思い出した。

「明使の通事として日本に行った二度目の航海の帰路、同じような目に遭ったが、あの時の恐怖は今でも忘れられない。阿倍仲麻呂が帰国を断念したのも分かるような気がする」

月を見上げた。果たして故郷に帰る日が来るのだろうか。斗南は八重のことを思った。


翌日檻車は獄舎を出発した。しばらく進むと高い塔が見えた。

「大慈恩寺《だいじおんじ》の大雁塔《だいがんとう》だ。玄奘《げんじょう》が天竺から持ち帰った経典が納められておる」

馬上から李隊長が指を差した方向にずんぐりとした塔が聳えている。

「玄奘が天竺へ行こうと志した当時、唐の太祖は西域への出国を禁じておった。建国間もない頃は外敵の侵入を防ぎつつ国内の統一を図ることが先決だ。現在の洪武帝の海禁令も同じことだ。ところが玄奘はその禁を破って秘かに出国、十六年後に仏教の聖典を持ち帰った。玄奘はその聖典を大慈恩寺で十一年かけて漢訳したと言われておる」

それを聞いた大用が呟いた。

「ひとつの大きな目標に貫かれた、偉大な人生だ。決して揺らぐことのない信念がなければ出

「玄奘は配下に大勢の優秀な翻訳僧を指揮しながら、あの大慈恩寺で漢訳を進めたのであろうか」

その言葉は逆境にある日本人僧全員の心を奮い立たせた。

斗南は大雁塔を見つめながら自問自答した。

「いや、玄奘の発する言葉を記す書記や助手はいたであろうが、手分けしてできる仕事ではない。孤独で静かな長い日々であったに違いない」

斗南の思いとは別に機先が呟いた。

「我らが渡って来たのは大海原であったが、玄奘の行ったのは砂の海だ。渇きとの戦いは聞いて知っているものの、天竺までの道は遠いのであろうな」

「しかし、実際に長安に身を置くと、西の方に行ってみたいという気持ちになるのは不思議だな。当時の長安は国際都市だった。砂漠を越えて西方の文化や財宝が運ばれて来たはずだ。実際にそれをもたらす異邦人と接していれば、その人たちについて自分も行ってみたいという気持ちになるのは自然な流れであろう。好奇心が旺盛な我らがここにいるのも同じことだ」

「囚われ人として檻車で連れていかれるとは思わなかったな」

大用の一言に思わず全員が自分たちの惨めな境遇を忘れて苦笑した。

「李隊長、あの大雁塔の近くに青龍寺《しょうりゅうじ》という寺はありませんか」

権中が何かを思い出したようだった。

「その寺は唐の時代にあったそうだが今はない」

たとえ今でも存在したとしてもそこを訪ねることができるわけでもなかった。大用が権中にその寺について聞いた。

「空海、つまり弘法大師が師の恵果《けいか》和尚に学んだ寺だ。阿倍仲麻呂と同じように長期留学僧として入唐《にっとう》したが、空海は僅か二年で帰国した。唐での滞在は阿倍仲麻呂とは対照的だった。短期間のうちに和尚から密教の奥義を伝授されるほどの天才だった」

大用が怪訝な表情をして聞いた。

「それにしてもあまりにも短い留学ではないか」

「それだけ空海の基礎知識がしっかりしていたのであろう。師の恵果和尚が空海に教えを授けて五か月後に亡くなってしまった。唐に留まってももはやこれ以上の教えを受けることはないと考えたのであろう。しかも唐朝廷の威信が揺らいでいて、民心も穏やかでないことを感じたのかもしれない。長期留学僧として持参した豊富な資金を使って貴重な仏典を買い求め、長安に来た遣唐使と共に帰国の途に就いたことは英断と言って良かった」

「我らも帰国の機会を逃したの」

椿庭の一言に一同は又しても苦笑を浮かべた。

城門を出ると護送車は渭水に沿って西に向かった。李隊長が対岸を指さして言った。

「あそこが秦の始皇帝が都を築いた咸陽のあったところだ。秦、漢、隋、唐。歴史に登場する帝都が渭水の北と南に集中していたことは、この地が都を置くには最もふさわしかったのだ」

この国の歴史が始まって以来、しばしばその舞台となったところである。その舞台ではいくつもの王朝が栄え、長いあるいは短い年月を経て滅亡していった。沢山の役者がそれぞれの人生を演じ、歴史に名を刻んでは消えて行った。檻車という桟敷で、この舞台で繰り広げられた古代の演劇を垣間見るような気がしたのは斗南だけではなかった。

李隊長は彼方を指さした。

「見よ。既に雪を被った秦嶺山脈だ。あそこを越えて蜀に向かう。これからが命がけの難路となる」

渭水の南側にそそり立つ山々は日本人僧を震撼させた。その山を見た天祥が思わず口走った。

「わしは越中の生まれだが、まるであの山並みは立山連峰のようだ。越中平野は日本海と立山や剣岳の間に延びる細長い平坦地で、そこから一万尺の山々がそそり立つ」

尻込みする日本人僧の中に、そんなことを言う天祥がいることが心強かった。

檻車はなおも西に進んだ。やがて断層が露出する低い山の麓に、平坦な地形が広がる所に差し掛かった。

「ここが三国時代の魏と蜀が戦った五丈原の古戦場だ。後漢が滅びた後に、魏、呉、蜀の三国が覇を競った時代があった。蜀の劉備に乞われて軍師となった諸葛孔明のことは知っておろう。蜀の軍隊があの峻険な秦嶺山脈を越えてこの五丈原に布陣した。その時すでに諸葛孔明はこの世になかった」

李隊長は日本人僧に話かけるようでもなく、長く語り伝えられてきた古代の叙事詩を思い出すようにつぶやくのだった。確かに何もない草原が広漠と横たわっているばかりである。道際に生えている貧弱な木が一層その大きな広がりを感じさせた。目を閉ざせば幾万の兵士の激突する様子が音のない想像の世界に展開する。

一行は渭水のほとりの宝鶏《ほうけい》に到着した。

「函谷関を抜けて今日まで、古代に繁栄した国々の中心、関中を通過してきた。今日は大散関《だいさんかん》と呼ばれる関所を抜ける。さてこの大散関だが、唐の玄宗帝が安禄山《あんろくざん》の反乱のため、長安から蜀に逃れた時に通過したところでもある」

李隊長はこれからの難路を前に声に力を込めて続けた。

「国を混乱に陥れた楊貴妃《ようきひ》を連れて、逃避行を続けるわけにはいかなかった。妃の縁者、宰相の地位にあった楊国忠《ようこくちゅう》に対する人々の恨みは限界に達していた。付き従う武将はことごとく楊貴妃を殺すことを要求したため、皇帝はやむなく高力士《こうりきし》に命じて妃の命を絶った。我々が通過してきた五丈原のあたり、渭水の対岸に馬嵬《ばかい》駅がある。そこが楊貴妃の終焉の地だ」

李隊長は唐の歴史の劇的な一場面を語るのであった。

「関中から蜀に抜ける峠は他にもあるがその道は極めて険阻である。我々の進む大散関は比較的容易な道筋と言ってもよい」

そう言うと李隊長は馬から降りて衛士に命じた。

「これから今回の流罪行の難所、秦嶺山脈を越える。高所に至れば雪が降っているかも知れぬ。ここまでは囚人護送には檻車を用いたが、険しい山道ではそれもかなわぬ。全員に首枷をはめ、逃亡を防ぐため腰に縄をつなげ。」

李隊長はそう言うと囚人は檻車から下ろされた。流罪の旅が始まって以来、山道を行く体力があるか不安がよぎる。一同の着ているものは応天府を出た時と同じ黒い僧衣である。着替えがあるわけでもなく垢にまみれている。

関所の扉を入った。川に沿った山道が続いている。最初はたいしたことの無いように見えた道は次第に深山幽谷の趣を見せ始めた。気温は次第に下がり始め、木々の緑に色が加わるようになってきた。最初の一時ほどつらい行進はなかった。手枷がないことが体のバランスを保つうえで有難かった。馬上の李隊長は囚人の苦痛が分かっており、歩みが遅いことに無理は強いなかった。

山中の人家が肩を寄せ合う集落に着いたのは、日が落ちてすっかり暗くなった頃であった。囚人はその一軒の土間で夜を明かした。秋の空気は山中であれば一層冷たさが身に染みた。

翌朝の出発は早かった。

「これから寒さが厳しくなる。落伍して動けなくなった者は谷に落とすだけのことだが」

隊長の言葉を聞くと全員が「死ぬものか」という決意を新たにした。

そういえばもう何年も寒さに凍えるようなことはなかった。そもそも日本の寒さを知っているのは天祥だけか、と斗南が問うた。

「わしは信州の生まれで冬の寒さは尋常ではない」

機先が言った。

椿庭は遠海《とうとうみ》(静岡県)、斗南の五島(長崎県)、権中は豊後(大分県)、大用は筑前(福岡県)で温暖な地方の出であった。秦嶺の深い谷に屍をさらす自分の姿を想像すると身震いする四人であった。

山道は両側に切り立った岩の割れ目をくねりながら続いていた。すると突然視界が開けたと思うと片側は深い谷が待ち構えていた。眼下には細い流れが見える。ここから落ちれば命はない。日本人僧に綱渡りのような緊張感が張り詰めた。

「嘉陵江《かりょうこう》という流れだ。この川が刻んだ谷筋に沿って蜀の道は続く」

李隊長の言葉に思わず斗南は聞いてみた。

「今までにこの道を通ったことがあるのですか」

「今から三年前に一度だけだ。かつて魏、呉、蜀の三国が鼎立していた時代、諸葛孔明《しょかつこうめい》は五度にわたりこの蜀道を通って魏の関中に攻め入った。この秦嶺山脈は魏と蜀を隔てる天然の要害であるが、大軍団がこの道を行進したことが想像できようか」

大散関を出てから十日目だった。鳳州《ほうしゅう》という集落で一夜を明かした。

「今日からいよいよ秦嶺の一番高い峰を目指す。寒さも一段と厳しくなる。最大の難所であろう。命を落とすとなればこのあたりだ」

突き放すような隊長の言葉とは裏腹に、囚人たちに夜の寒さをしのぐ厚手の布が配られた。首枷の下からこれに身を包むと何とか命を保つことができそうだった。斗南はどこかで見たことのある達磨大師の肖像画を思い出した。天竺から来て嵩山少林寺《すうざんしょうりんじ》で座禅していた大師もさぞ寒かったのであろう、などととりとめのないことを考えた。

何とか命永らえて峻厳な山道を辿ること十日、重畳と浮かぶ雲海が眼下に広がっていた。その雲の彼方には広大な平野が広がっているのが散見された。

「あれが蜀の地だ。ここから漢中を目指す。諸葛孔明の時代には魏に対する前線基地であった」

道は下りになったものの狭隘な道は一層神経を使う。ひとりが油断すれば数珠つなぎとなって全員が千尋の谷に墜落してしまう。艱難辛苦の日が七日も続いたであろうか。武関という小さな村に着いた。そこの切り立った崖には一定の間隔で穴がえぐられている。

「あれが蜀の桟道《さんどう》の名残だ。あの穴に木を差し込み、その上に板を渡す。流れに沿って人の通る道を架けたところもある」

魏と蜀の戦いの歴史は広く知られているようで、李隊長は諸葛孔明の率いる軍隊の移動の有様をことあるごとに話して聞かせた。

ここまで来ると緊張も少しはほぐれて、周囲の様子を見回す余裕ができたのであろう。見れば木々も冬からまた秋の様相に変わってきていた。その中に竹が生い茂っている。その中に何やら動く動物がいた。見れば白い熊ほどの大きさだが目の周りや尻のあたりは黒い毛がある。

「何だ、あれは」

斗南が叫んだ。

「ほお、熊猫が出たか。この秦嶺に生息する霊獣と言われておる。話には聞いていたが、わしも目にするのは初めてだ」

李隊長はじめ全員が足を止め、その動物が竹を喰う様子を珍しそうにしばし眺めた。やがてその獣は満腹したのか、ゆっくりと竹林の中に姿を消した。

「日本の熊は全身黒い毛に覆われているが、目の周りの黒が何とも愛らしい。霊獣を目にしたことはきっと良いことがあるな」

大用は嬉しそうに言った。

ひと月余りの山越えの難路を後に、一行はようやく大きな城市の見えるところに下りて来た。

「諸葛孔明が魏を攻める本拠地とした漢中だ。それ以前では漢の高祖、劉邦が宿敵の項羽に王に封じられて来たのもここであった。後に帝位に着いた劉邦が統一した国を漢とした由縁でもある」

もはや身を切るような冷たい空気ではない。久しぶりに大きな城市の賑わいを目の当たりにした一行は、生きて秦嶺を越えることができた喜びを分かち合った。

翌日から蜀の都、成都に向けて旅は続いた。途中山越えの道もあったが、今までの険阻な谷を見下ろすようなことはなかった。そして温暖な蜀でも冬の寒さを覚える頃、成都の城門を潜った。開封《かいほう》以来、久しぶりに目にする大都会である。商店が軒を並べる道筋には檻車の罪人を興味深く見入る人々も多い。すると槍を担いだ兵士の一群がやって来る。人々が逃げるように道を開けると、物々しい鎧をきしませながら一団は囚人護送の列を追い越していった。

やがて一行は成都の牢獄に到着した。李隊長は獄舎の中に入り、応天府から来た旨を獄舎長に報告した。その夜は牢獄で一夜を過ごしたが、空気にぬくもりのあるところで身を横たえることができることが嬉しかった。

次の朝、李隊長が現れた。

「よいか、よく聞け。権中と椿庭はここが最終目的地だ。斗南、大用、機先および天祥は本来であればすぐにここを発ち雲南に向かうはずだが、ここにしばらく逗留することになった。明による雲南平定がまだ終わっていない。しかし戦況は順調である」

昨日の街筋で見かけた兵士の一群は、ここが雲南征服の基地であることを思い出させた。春に応天府を出て冬をここで迎えたことは有難かった。真冬の秦嶺越えであれば恐らく命はなかったであろう。日本人僧が住んだ江南の冬は温暖であったが、蜀の冬もそれほど厳しいものではなかった。

錦江《きんこう》は蜀の都を流れる川である。その川のほとりの牢獄で過ごした日々は二月ほどであったろうか。明け方の光が冷たい空気を切り裂くように差しこんで来たと思うと、獄吏がその日の出発を告げた。朝日が上り街の喧騒が聞こえ始めた。李隊長が現れた。

「雲南の段氏《だんし》は降伏した。本日四人は成都を発つ。権中と椿庭はこの城市内の文殊院《もんじゅいん》に収容されることになった」

「文殊院とは音に聞こえる蜀の名刹。罪に問われてここまで来たが、その寺で命が尽きたとしても未練はない」

権中が喜びを素直に口にした。

いよいよ別れの時が来た。不思議と感傷はない。成都に残る二人には新たな修行の場が与えられたような期待感さえあった。四人は檻車で錦江に沿って進み、二人は徒歩で市街を北に引き立てられていった。春風が吹くころまでこの地に留まれないものかと四人の誰もが思った。

五　雲南

椿庭と権中がいなくなって急に心細さが募るような気がした。見知らぬ土地を通りながら、この国の歴史を少しずつ学べたことは有難かった。二人に比べれば知識の薄い四人ではあったが幸いなことに気力と体力には自信があった。今のところ李隊長はじめその配下の衛士ともめることは一度もなく、日本僧が逃亡を図ることも一度もなかった。たとえ逃げたとしても生きぬくことは不可能であり、その意味では相互の信頼関係のようなものが出来上がっていた。

蜀の都を出発するに先立って、雲南の道案内人が加わった。浅黒い顔立ちで頭には白い布を巻き付け、着ているものも白を基調にした衣装である。その上に赤や黒の刺繍が施された華やかな襦袢《じゅばん》を着ている。顔に刻まれた皺《しわ》が多く、年は四十を過ぎているだろうか。

李隊長は物珍し気にこの男を見つめる四人に説明した。

「この男は白族《ペーぞく》でこれから向かう大理《だいり》出身だ。雲南には少数民族が多く、そこに至る道は険しく我らだけでは到底行き着くことはできない。そこで漢話のできる現地人を道案内に付けたというわけだ。陶明山《とうめいざん》と漢人の名を持つ。雲南への道は秦嶺越え以上の苦難に満ちたものとなろう。旅はこの雲南人が頼りだ。皆に与えた布はそのまま帯同せよ」

成都の西門を出て岷江《びんこう》の流れに沿って向かったのは楽山であった。岷江は長江に注ぎ、それを下れば応天府（南京）に帰れる、と衛士の一人が言った。それもそのはずで応天府から任務で来ていた四人の衛士のうち二名が帰途に就いていた。四川盆地の北と西は重畳と連なる山また山。

我らの進む山の向こうが雲南だと西を指して案内人の陶が言った。途中にその山から下って来る軍隊の一団とすれ違うことが度々あった。

「なぜ我々は運河を経て関中を通る道を来たのですか」

素朴な疑問を斗南は李隊長に向けた。

「良い質問だ。雲南征服には長江による軍隊の移動が優先したこと。更に囚人護送には船運が楽であること。そして難所の秦嶺越えで罪人は死ぬであろうと」

「応天府への帰りは長江を下ればよいわけですね」

「その通りだ。見よ、平定された雲南から続々と軍隊が戻って来る。我らはその行進を妨げぬよう少々回り道をする。目指すは雲南への入口、雅安《があん》であるが、峨眉山《がびさん》は知っておるな。向こうに見えるのがそれだ」

それを聞いた機先が、檻車の格子を両手でつかみ、その間に顔を押し当てて彼方の山を見やった。

「おお、あれが仏教の霊山として名高い峨眉山か。明州《めいしゅう》にいた時に訪れた普陀山《ふださん》と並び称される。流罪となったことは悪いことばかりではないな」

それを聞いた李隊長は薄笑いを浮かべて言った。

「これから一寸先は闇だ。冥途の土産に楽山大仏を拝ませてやろう」

四人は檻車から下ろされた。本来首と手には枷《かせ》が嵌められるはずであるが、今回は違った。

「罪人の姿で弥勒菩薩に礼拝するのも罰当りじゃ。腰縄だけにしてやろう」

高い崖の下を岷江の岸に沿って歩いて行くと大きな楼閣が見えて来た。一同が目にしたものは、崖に刻まれた巨大な仏像である。奈良の大仏を拝んだことのある天祥が言った。

「この大きさはその比ではない」

四人の出来ることは、ただただ呆然と合掌することだけであった。岩を刳り抜いた摩崖仏《まがいぶつ》の頭には大屋根が架けられ、そこに至る何層もの床が組まれている。礼拝者は下から階段を上り、舞台のような広縁に辿り着く度に上を見上げ仏に祈る。

「残念ながらあの階段を上るわけにはいかぬが、ここよりしかと拝むがよい」

李隊長はじめ追従する衛士も日本人僧と一緒に石仏に祈りを捧げた。すると珍しい光景に気が付いた仏の番人が近づいて来て言った。

「遠いところから来たと見えるが、みやげにこの石仏の由来を話して聞かせよう」

長い髭は白く、やせ細った老人である。

「今からおよそ六百五十年前の唐の時代、この辺りでは大量の岩塩が採れて豊かな富をもたらしていた。それを輸送したのがこの岷江だ」

塩と言われて一同は川の流れをあらためて眺めた。

「早い流れに運搬船はしばしば事故を起こした。無事な船運を祈願する人々が石仏を建立することを思いつき、この崖の向こうにある凌雲寺《りょううんじ》の和尚に相談した。すると海通《かいつう》という僧侶が名乗りを挙げた。海通はこの岩山を三十年間彫り続けたが、完成できぬまま世を去った。その遺志を継いだのが軍の司令官である節度使《せつどし》の偉皐《いふ》であった。それから六十年の後、この仏が完成したと伝えられている」

このような巨大な石仏建造を命じたのは唐の皇帝であろう、と考えたのは斗南だけではなかった。そうではなかった。

「塩から得た利益を寄進した人々の願いの結晶が、この摩崖仏だ」

老人は胸を張って言った。

「崖を削って細かく砕かれた岩石は岷江に捨てられ、やがて船の事故は減ったというが、偉大な弥勒菩薩の功徳であるに違いない」

檻車に揺られながら日本人僧は峨眉山の麓の道を進んでいた。斗南は人間の途方もない力を思わずにはいられなかった。海通という僧もあの峨眉山に上ったであろう。そこで崖から生まれ出る菩薩の姿を見たのかもしれない。彫り出される菩薩の姿は絵に描かれて人々に示されたであろう。それを見た人々は途方もない大きさに、恐らく半信半疑であったに違いない。海通は崖の頂から菩薩の頭を彫り始めたであろう。最初の鑿《のみ》が岩を砕いた時には、彼の脳裏にはこれから姿を現す仏がはっきりと見えていたはずだ。当初から海通に協力した者もいたであろう。少人数で始まった仕事も菩薩の顔ができ始めると次第に多くの人々が集まってきたに違いない。しかしその細部は海通が自ら仕上げたはずだ。彫り進める過程で舞台が組まれ、人々はそこから岩山に姿を現す仏に祈りを捧げたと思われる。斗南は静かに目を閉じて多くの人々が岩山に向かう姿を想像してみた。

「いかなる偉業であってもそれを実現したいと思う人間の思いから始まる。その想念を毎日思い描き、やがてそれが確固たる形となって現れる。雲南流罪も禅修行のひとつと思えば、我らも揺るぎない信念を持ち続けなければなるまい」

楽山の城市で一夜を明かした護送隊は、峨眉山を見ながらその山麓を進んだ。やがて行く手には山が迫り蜀の平野が終わりに来ていることを告げていた。冬だというのに寒さは感じない。雅《が》安《あん》の城市だと李隊長が言った。蜀の西の果て、吐蕃《とばん》（チベット）への入口、これから先は山また山、平らな土地はほとんどないと陶明山が付け加えた。

「陶老師、我らは雲南に行くのではないのか」

大用が聞いた。

先生を意味する老師と呼ばれて陶明山の表情が緩んだようだ。

「あの山を西に向かい、途中から雲南への道を進む」

細身の体を馬上に伸ばしていた陶老師が良く通る声で答えた。

翌朝、出発前に日本僧は檻車から降ろされた。首枷をはめられ秦嶺越えの時と同じように腰縄で一列縦隊につながれた。手が自由に動かせるのが救いだった。ここからは徒歩の流罪行が始まる。果たして何人が雲南の地に辿り着けるか、李隊長は四人を見つめながら思うのだった。

山道を上り続けて十日目、歩みは遅いものの四人は少しずつ毎日の苦行にも慣れて来た。途中に雲南から引き上げる軍隊に出会い、道をあけることもあった。秦嶺の山を見て来た四人には特に物珍しいことはなかったが、街道が合流するところで馬の背に荷を積んだ隊列が一行を追い越していった。

「爐茶《ろちゃ》だ。あのように馬の背に載せて吐蕃に行く。茶と馬を交換する茶馬古道だ」

陶老師が馬上から言った。

「成都の西、爐霍《ろかく》で産する銘茶だ。黒茶といって発酵させて餅のように固めて運搬に適している。吐蕃ではヤクという高原牛の乳を混ぜて飲む必需品だ。」

李隊長が付け加えた。

話には聞いていた遠い国が山並みの向こうにあるのか、と斗南は思った。峰には雪が積もっている。越える途中で凍えて死んでしまわないだろうかと不安がよぎった。康定《こうてい》という村に到着したのは雅安を出てから二十日も歩き続けた時だったろうか。ここは山岳街道の分岐点で北に向かえば吐蕃への近道となる。見れば多くの馬を引き連れた一行が山を下って来るのが見えた。商いを終えた商人であろう。護送団は南の道を進んだ。頂きに雪を被った山また山の連続、その峠をいくつ越えただろうか。芒康《ぼうこう》という村に辿り着いた。村の中央には清流があり、人里という感じが濃厚に漂っている。それもそのはず、久しぶりに多くの人間に出会った。馬に沢山の荷を積んだ隊商の一群とすれ違った。男たちの着ているものは陶老師の衣装によく似てはいるが、色と模様が少し違っていた。

陶老師が言った。

「雲南の部族だが、我らの目的地の大理から更に南の普洱《プーアール》から来た。雲南の茶の産地だ。このあたりは吐蕃の勢力範囲だが南の雲南から来る道と、蜀の茶馬古道が交わる所だ」

村宿の土間に腰を下ろした四人の僧に、色の浅黒い小柄な吐蕃の女が盆に湯茶を載せて持ってきた。小さな木片のような黒茶であった。蜀から雲南に至る中間点まで来たことで、李隊長の特別な計らいで流罪僧にも一片の茶が与えられたのだ。その四角に固められた茶の塊は少しずつ注いだ湯に、褐色の色を広げながら茶葉を分散していく。緑茶とは違った苦みが口の中に広がった。一口ごとに冷えた体に温かみが染み透るようであった。

翌朝の出発前には茶を運んでくれた女が、吐蕃人の着る厚手の衣を日本僧にも用意してくれた。

「これから吐蕃人の居住地域を通過するが、どこも標高が高く空気の薄い、寒く険しい尾根道だ。途中で行倒れとなれば気の毒だが置いて行く」

李隊長は冷たく言い放った。

四人は携えて来た布の上から吐蕃人の着る衣を身にまとい出発した。風は身を切るように冷たい。道には雪が積もっている。ともすれば挫けそうな気持を奮い立たせ、何としてもこの苦行をやり通さねばならん、と斗南は自分に誓った。

来る日も来る日も雪を頂いた峰々を眺めながら、ゆるゆると、しかししっかりとした足取りで進んで来た一行は、徳欽《とっきん》という村に到着した。行く手の遥か向こうに険しい岩肌に雪を被った槍のような山が見えた。

「梅里雪山《ばいりせつざん》だ。普段は見えないが今日は運が良い」

陶老師が指さした。

日本の高い山を見て知っている機先と天祥も放心したように言った。

「あのような山は見たことがない。頂は空気もないのであろう」

道を行くと吐蕃人の祭る寺のようなものがあった。そこには色とりどりの小旗が、放射状に張られた紐にくくりつけられ風に揺れている。

陶老師が説明する。

「吐蕃人が信仰する仏教の祈祷旗でタルチョと呼ばれるものだ。青、白、赤、緑、黄の五色はそれぞれ天、風、火、水、地を意味する。経文が書かれている小旗を、風が揺らして読経するのだ」

風にたなびくタルチョの動きが四人の流罪僧を励ましているように思えたのは、斗南の楽天的な性格によるものだろうか。それもそのはず雪道は益々険しく遥か下の谷には川の流れが見える。空気は薄く、呼吸するのも一苦労、頭痛にめまいも加わる。苦しいのは罪人だけでなく馬上の李隊長と二人の衛士も同じである。このような状態に置かれると護送任務もさることながら、全員がこの難局を切り抜けようと苦闘するのだった。時折後ろを振り返っては陶老師が哀れみの表情を浮かべた。高地に慣れた雲南人は悠然と馬の歩を進めていた。明王朝が雲南を支配するためには、兵士も同じ試練を克服しなければならなかったのか、と斗南は思った。

雲南流罪の難関を過ぎると道は下り始めた。日本人僧の歩みも少しは軽くなり始めた時に、眼下の盆地に広がる大きな町が現れた。今まで目にしなかった木々や草の緑が広がっている。

「中甸《ちゅうでん》（現在の香格里拉《シャングリラ》）だ。吐蕃族最大の城市で、ここまで来れば目的地までさほど険しい道はない」

微笑みを浮かべながら言った陶老師の言葉に一同は安堵の息をついた。歩を進めるにつれて木々の緑の色が次第に濃くなってきたようだ。しかも赤や黄色の花さえ咲いている。見れば大きな寺院であろう、たくさんの祈禱旗が風に揺れているのが遠目にもはっきりと見える。

「緑が命の色であることが、今になってようやくわかった。我らは皆死んで極楽に来たのであろうか」

大用がふと漏らした言葉に全員が笑みをこぼした。

「桃源郷《とうげんきょう》と呼ばれることもある。生死の境を越えてここまで辿り着けば、あの景色は確かにそう見える」

陶老師が大用に答えた。

一行はゆるゆるとその町に向かって下りて行った。多くの人々の話し声を聞くのは久しぶりだった。家の中から子供の泣き声さえ聞こえて来た。人間の営みがそこにあった。芒康《ぼうこう》の町で温かい黒茶を飲んで以来、ここでも流罪人に同じ茶が与えられた。その温かみが再び命の炎を燃え立たせるように感じられた。芒康の村宿で吐蕃の女が出してくれた衣は、これから先は不要と陶が言った。空気の薄い雪の積もる道を行くにあたって、それがなければ生き抜くことはできなかった。それにもはや用はない。あの女は仏の化身で我らに救いの手を差し伸べてくれたのかもしれない。天祥が何かを悟ったように李隊長に言った。

「この衣、寺に納めたいのですが」

「我らの雲南への旅程は大分遅れている。あそこに見える大寺院まで行くことはできぬが、途中の道筋にも寺はあるであろう」

李隊長の問いに陶老師が答えた。

「麗江《れいこう》に向かう道にも吐蕃の寺院はいくつもある」

天祥は願いが聞き入れられたことで十分であった。

中甸から先は緩やかな下り坂である。途中の峠を越える時に上り道になることはあっても、梅雪山を拝んだ頃とは格段の違いがあった。歩を進めるたびに空気は濃くなって体に力が湧いてくるのが感じられた。

陶の指さす方角に、山肌の窪みに張り付く小さな寺院が見えた。夥しい祈祷旗が張り渡されている。

「よろしい。あの寺で小休止するとしよう」

李隊長は陶の馬の後に続いた。

寺院には吐蕃人が数人祈りを捧げていた。その声は凛とした空気を震わせ心地良い安らぎさえ感じさせた。流罪僧は金色の仏の前で合掌した。仏の後ろには色鮮やかな壁画が描かれている。

四人は着ている衣を折りたたみ仏の前に供えて祈った。

「来た山道を帰ることがあれば、再びこの衣を貸していただけましょうか」

「罪人が山越えする時、この衣が寒さを和らげますように」

一行は南を差して進んで行く。晴れた空は青く、右手には雪を被った峰が南北に連なる。空気も温かみを増して春の風に吹かれるような心地さえする。

「あの山並みは蒼山《そうざん》だ。この道を左に折れれば麗江に向かう。しかし寄り道になるのでこのまま大理に向けて行くことにする」

陶老師は馬上から宣言した。すると李隊長が小声ではあるが、皆に聞こえるように言った。

「さもありなん。麗江と大理は犬猿の仲なのだ。今からおよそ百三十年前、元の世宗フビライは雲南に攻め寄せた。麗江は攻略されたが大理のしぶとい抵抗の前に元軍は攻めあぐねていた。ところが麗江人が手先となって大理への山道を先導したため、大理はついに征服されてしまった。以来大理の者は麗江を鬼畜のように嫌っておる」

陶はそんな話が聞こえなかったように悠然と進んで行く。

日が蒼山の陰に隠れようとしていた。陶が李隊長に何事か相談しているようであった。李隊長が頷くと陶が言った。

「この先に小さな村がある。今日はそこに泊まることにする」

やがて夕暮れの光の中に今までとは打って変わった眺望が開けた。湖水であった。長く苦しい山道を後にして来た一行には、視界が開けたこの景色は長く目にしなかったものだった。違う世界に迷い込んだような風景であった。

一行は道から外れて軒を並べる人家の前で止まった。

「この村には湯が湧き出る泉がある。そこで今までの垢を落とすがよかろう」

陶老師が何を言っているのか初めは日本人僧の誰も分からなかった。ところが首から枷《かせ》が外された。案内されて行った先で一同が見たものは、湯気が立ち上る池であった。

「温泉か」

余りの意外さに皆は言葉を失った。

こうして首まで湯に浸かったのはいつのことだったろうか。行動を共にする日々が長いとはいえ、互いの裸の体を見るのは久しくなかった。肋骨の上に人間の皮を被せた骸骨、それが今の四人の姿だった。よくもまあ、生きているものだ。衛士の監視の下ではあっても、湯浴みする日本人僧は身も心も洗われるような気分に浸った。湯がやせ細った体に染みわたる。機先が余りの幸せに合掌すると天祥、大用、斗南も静かに手を合わせた。

固い土間の薄い粗末な敷物の上に身を横たえ、その夜は死んだように全員が前後不覚に深い眠りに落ちた。

朝が明けきらぬうちに斗南は風の音で目が覚めた。他の三人はまだ眠りの中にいたが、風が外の木々を揺らして朝の到来を告げている。冷たく峻厳な風ではなく、暖かく包み込むような優しい風であることが家の中にいてもわかった。雲南に流罪となった身には、これが現実であるとはとうてい信じられない。まだ夢の中なのか。

やがて扉の隙間から明るい日差しが差し込んでくると全員が目を覚ました。夕べの湯浴みのことに話が及ぶ。

「あの心地良さは日本固有のものかと思ったが、まさか流刑地で極楽浄土の気分に浸れるとは夢にも思わなかった」

天祥の言葉が皆の気持ちを言い表した。そこに衛士が現れ、朝食を告げた。暖かな粥は今までのものとは格段に違う味がして、五臓六腑に浸み込んだ。出発前の用を足すといつもの枷をはめられ罪人の姿に戻った。

日差しは柔らかで風は心地よかった。春の息吹に満ちていた。

機先が陶老師に尋ねた。

「このあたりに温泉があるということは、火を噴く山もあるのか」

「山が火を噴くことなどあるものか。見ろ、あの蒼山《そうざん》の峰を。先端に雪を被る槍が天に向けてそそり立つ。外敵を拒み、静かに鎮座しておるわ」

「それでは天地を揺るがす地震はないのか」

「山が怒ると天地を揺らすことはある。地が裂け、山崩れが人家を押しつぶす」

火山の多い島国の日本とは大分違うようだ、と四人は思った。

やがて行く手に満々と水を湛える湖が現れた。

「洱海《じはい》だ。大理で最大の湖で耳の形をしているためそう呼ばれる」

陶老師が言った。

行く手には細い平地が伸び、右手に雪化粧した峰々が延々と連なり、左手には青々とした洱海が広がっている。

「この景色は我が故郷、越中そのものだ。日本海と平野を挟んで雪を抱く連峰が聳えている」

天祥が感無量の面持ちで雲南の山並みを見上げた。

日が中天に上った頃、一行は清らかな水で満たされた池のほとりで小休止した。岩の裂け目から水が流れ出している傍には一本の木があった。水面近くまで枝が垂れ下がり、その枝にまつわりつく様に白い物が飛んでいる。見ると蝶ではないか。枝という枝に咲く花に蝶が乱舞している。

「いよいよ極楽浄土に来たのであろうか」

大用が蝶の舞に我を忘れてつぶやいた。数日前までの苦難の道が嘘のような情景だった。日本を離れて以来、蝶にこれほど感慨を込めて見入ったことがあったろうか。

この光景に見とれる流罪人に旅立ちを促すため陶老師は言った。

「胡蝶泉だ」


一行の影が長くなる頃に大きな村に到着した。人家が軒を並べ、様々な店もある。人々が罪人の行進を珍しそうに眺め、親にまとわりつく子供もいる。人々の普通の暮らしがあった。

喜州《きしゅう》という村であると陶老師が言った。中心の広場の一角に大きな木が聳えていて、いかにも村人の拠りどころの風情である。

「大青樹《だいせいじゅ》という榕《よう》の木だ。村の守り神だ」

陶が見上げる大用に言った。

その大樹の前に大きな館があった。恐らく村長が住む家に違いない。馬から降りた李隊長と陶老師は中に入って行った。その夜、四人はその館の一室に収容された。

夜明けにはまた風が吹いた。雨が降っているのだろうか。梢を揺らす音が雨のようでもある。

斗南は心地よい眠りから覚めると明州にいた頃に覚えた詩を思い出した。

春眠不覺曉（春眠暁を覚えず）

處處聞啼鳥（処処啼鳥を聞く）

夜來風雨聲（夜来風雨の声）

花落知多少（花落つることを知る多少）

雲南の地は江南と同じような気候風土なのであろうか。

しばらくすると朝の粥と茶が運ばれて来た。白い頭巾に細身の袴、その上に赤い刺繍のある襦袢を着た若い娘が日本人僧の前に盆を置いた。その微笑みを湛えた顔に、斗南は八重の面影を見た。すると今まですっかり忘れていた日本のことが次々と脳裏に蘇って来た。聖福寺の頑石和尚はどうしているか。征西宮懐良親王はまだご存命であられるか……

「ここは苦渋の淵から這い上がった極楽浄土に間違いない」

大用が茶をすすりながら語った言葉で斗南は我に返った。


茶馬の道を辿っている間にも季節は春になっていたのか、いや木々の緑が深くなっているところを見るともう夏の初めかもしれない。流罪僧はそんなことを考えながら、細長く伸びる洱海と急な山肌を見せる蒼山の間の道を南へ進んで行った。その日の午後、視線の先に城市が見えて来た。急に兵士の姿が多くなった。それもそのはずで、明による雲南平定拠点の大理であった。洱海の畔にある洱海門を抜けると道はなだらかに山に向かっての上り坂となる。道の両側には店が軒を並べ、多くの人々が行き来する同じ道を、罪人と一目でわかる日本人僧が引かれて行く姿に興味を示す者はほとんどいない。流罪人がここに送られて来るのも珍しいことではないのかもしれないと斗南は思った。やがて陶老師は左に曲がり大きな建物が連なる目抜き通りを進んだ。いかめしい顔つきの門番が槍を持って立つ赤い扉の館まで来ると陶老師は馬から降りた。

「大理城市の宮殿だ。李隊長殿、囚人担当のところに案内しよう、付いてこられよ」

門を潜った一行は正面の大きな館の横を更に奥に進んだ。すると敷地の中庭の横に小さな建物があった。李隊長と陶老師はその中に入って行った。

恐らく連行された囚人の最終的な流罪先が話し合われているのであろう。この先も旅は続くのであろうか。せっかく極楽浄土にきたものの、また地獄に逆戻りになるのであろうか。様々な想像が駆け巡る時、ふと木立を見ると赤桃色の花が目に入った。葉や蕾の形から見て椿に違いない。しかしその花の大きさは藪椿の倍はあろうか。花びらの数も多いため不思議な妖艶さが漂っている。今まで通って来た街道にもたくさんの花が咲いていたのに気が付かなかったのが不思議だった。斗南がこの花にどのくらいの時間見とれていたのか定かでない。李隊長と陶老師が出て来た。

「行き先が分かった。大理城市を出て山側にしばらく行ったところに弘聖寺《こうせいじ》がある。四人はその寺に預けられる。さして遠いところではない。この日のうちに行き着けるそうだ」

李隊長が裁判官のような威厳のある声で四人に言った。

一行は門番の守る赤い門を出て目抜き通りを左に曲がり緩やかな上り坂を歩き始めた。賑やかな商家が並び子供たちが一行の前を走り過ぎる。前方からは明の兵隊が行進してくるのに出会った。その先には蒼山門が重々しいいで立ちで立ちふさがる。そこを抜けて城壁に沿ってしばらく行くと、陶老師は山に向けて坂道を上り始めた。その先には高い塔が聳えている。

「あの塔が弘聖寺《こうせいじ》だ。別名一塔寺ともいう。ここからは見えないが右手の山には三塔が立ち並ぶ崇聖寺《すうせいじ》もある」

歩を進めるたびに塔は次第に大きくなって一行を見下ろしている。機先がそれを見上げながら言った。

「長安で見た大慈恩寺《だいじおんじ》の大雁塔《だいがんとう》によく似ておるな」

確かにその通りだった。今から六百年も前の唐の時代、都の長安と同じような塔が弘聖寺に建てられたのであろうか。

塔の前の高い塀に沿って進み大きな門を潜った。境内には雲水の姿も見える。久しぶりに目にする光景だった。三門を潜ると、流罪僧の一行を興味ありげに見ていた雲水の一人が指を差すその先は、仏殿の手前にある小さな建物であった。李隊長がその中に入り案内を乞うと中年の僧が現れ、一行にしばらく待つように言った。仏殿の前には大きな香炉が置かれ紫煙が立ち上っている。

半時も待っただろうか。再び同じ僧が出て来て日本人僧を収容する場所まで道案内すると告げた。一行は総門を出て再び山に向かう坂道を辿った。しばらく行くと周囲を囲む塀が見えて来た。石段を上ると番人が現れ、案内の僧に慇懃な態度で挨拶した。李隊長より年配であろうか。日焼けした顔は皺に刻まれ、まつ毛には白いものが混じる、屈強な体躯の持ち主である。案内してきた僧から話を聞いた番人は厳かに四人の流刑者に向かって言った。

「わしはここの担当で劉《りゅう》という。流罪僧が他の雲水と一緒に寝起きすることはできぬ。ここが当面の宿坊である。李隊長殿、確かに四人の身柄は預かった。罪人の枷を外して下され」

李隊長は衛士に命じて四人を自由の身にした。

「これでわしらの任務は終わった。応天府に戻る。もう会うことはないであろうが、息災に暮らせ」

そう言って門を出て行こうとする李隊長に向かって四人が口々に言った。

「李隊長殿、ありがとうございます」

この感謝の言葉に、長く苦しい流罪行の全てが凝縮されていた。

「どのように応天府に戻られるのですか」

大用が気になる問を投げかけた。

「わしにも分からん。大理には都に戻る軍隊がたくさんおる。そのどれか一つと一緒であろう」

日は山の端に沈もうとしている。馬上の李隊長と陶老師は付き従う二人の衛士と、案内してきた僧と共に、自らの影を踏みながら城市に向かって緩やかな坂を下って行った。

雲南の暮らしは宿坊の清掃と整備から始まった。敷地は四人の僧が住むに十分すぎるほどの広さがある。その周囲には人間の背丈以上の煉瓦壁が巡っているため、富裕な人の屋敷のような感じもする。誰が見ても牢獄には見えない。敷地の西には蒼山の山並みが続き、東は大理城市と洱海の方向だが、木立に遮られ僅かに市壁が見えるだけである。入口は南に面して堅固な門があり、その内側の劉門番の生活する小さな家は塀の一部のようである。門から緩い斜面を真直ぐに進むと、宿坊が敷地の北側に寄せて建てられている。壁には煉瓦が詰まれているが小屋組みは木造で茅葺《かやぶ》きである。内部は広めの玄関と、畳が十枚は敷ける広さの部屋が二つ、その横に廊下があって右側に厨房、そして厠《かわや》はその廊下の突き当り一番奥に設けられている。厨房から外に出られるように扉があって、その外には井戸がある。

雲南での新しい生活が始まり、天祥がここでの暮らしの責任者ということに決まった。基本的に禅寺の生活規範が踏襲された。夜も明けきらぬうちから天祥が皆を起こす開静《かいじょう》に始まり全員で朝課《ちょうか》の経を唱え、その間に典座《てんざ》の大用が食事を用意する。住まいとその周囲の清掃である日《にっ》典掃除《てんそうじ》、作務《さむ》と呼ぶ、建物の補修や伸びた木々の伐採作業に精を出した。しかし四人にとってこの規律ある生活は何よりの喜びであった。天界寺でも同じような暮らしであったといえ、一度死んで新たに与えられた命であった。

門番の劉はその規律正しさに感心しきりであった。やがて劉門番と四人の間には一種の信頼関係が出来上がり、交わす言葉の合間に笑いさえ起こるようになった。劉門番は常駐で三日ごとに城市から衛士が来て必需品を置いて行く。たまに見かけない衛士が門番として交代することはあるが稀な事だった。

日本人僧の住む、この家を時々訪ねて来たのは、弘聖寺を初めて訪れた時に対応した中年の僧であった。碧岩《へきがん》という名前は劉門番から聞いていたが、初めのよそよそしい態度もやがてその角が取れて親しみが増してきていた。ここに来て既に半年も経った頃であった。天祥に向かって言った。

「いつまでもここで一日を過ごすこともあるまい。弘聖寺の参堂《さんどう》を許すと雀巣《じゃくそう》和尚が仰せだ。しかし流罪という身であればその罪を許すというわけにはいかぬ。そのため当面は午前の務めを弘聖寺で行い、午後はこの宿坊に戻るようにいたせ」

「有難き幸せ。一同御心に沿うよう精進いたします」

天祥が四人を代表して感謝の意を示した。

「ここでの暮らしはどうか」

「不満など微塵もありませぬ。まるで夢の世界に来たように感じております」

それを聞いて碧岩は安心して帰って行った。

翌朝、暗いうち宿坊を出た四人は劉門番に付き添われて弘聖寺の三門を潜った。禅寺での勝手を知っている四人は、誰に言われるもなく自然と雲水の一人になった。弘聖寺での修行は、悪夢のような流罪行の後では生きていることを確認する作業でもあった。多くの僧侶とともに参堂することで自由をも感じることができた。僧堂で経を唱える朝課では碧岩が導師を務める。大勢で経を唱えることで、それまで鬱積していたものが解き放たれる時間でもあった。

秋の日差しが弘聖寺の薄黄色の塔を明るく照らしていた。高さはおよそ十五丈（四十五メートル）、庇のような屋根が幾重にも重なり、上に行くにしたがって湾曲しながら狭まっている。遠目に見た長安の大雁塔を思い出した斗南は、碧岩にこの塔がどのようにして建てられたか聞いてみた。

「焼いた煉瓦を敷きならべその上にもち米を塗り、人間の髪の毛を敷いて、その上にまた煉瓦を並べる。そうして頑丈な塔ができたと伝えられている」

「もち米と頭髪ですか。思いもよりませんでした。しかしなぜこのような高さが必要だったのでしょうか」

「雲南の地で漢人の力を誇示する目的は明白であるが、あの雪を抱く蒼山の山並みを見よ。あれと向き合うにはこの高さが必要であろう」

ある日、午前の勤めを終えて宿坊に戻ろうとする天祥に碧岩が言った。

「大理城市の役人が参って言うには、流罪の日本人僧が六名送られて来たそうだ。明日の午後には宿坊に送られて来るが、どうやら病んでいるようだ。身辺の世話を頼む」

その話は宿坊への坂道を上る時に、天祥から三人に告げられた。

「他の流罪僧とは殊崖に送られた仲間のことであろうか」

斗南は皆の疑問を代弁するかのように思い当たる節を口に出した。

宿坊では劉門番にも同じ報告が来ているようで、

「少し狭くなるが十人が寝起きするには足りるであろう。寝具など必要なものはすでに届けられた。問題が起こらぬようにしっかり頼んだぞ」

天祥もその心配を打ち消すように頷いた。

翌日の秋の日差しが蒼山の後ろに隠れようとする頃、坂道を首と手には枷を嵌められ、汚れた僧衣に身を包んだ六人の罪人がよろよろと坂道を上って来た。劉門番がその姿を認めると宿坊の中に向かって声をかけた。四人は一斉に表に飛び出した。日本人僧の姿が突然目の前に現れたことに一同は驚き、言葉もなく立ちすくんでいたものの、六名の一人が振り絞るような声で叫んだ。

「天祥殿、演此宗《えんしそう》でござる」

そう言うと六人はその場にへなへなと座り込んでしまった。名を呼ばれた天祥はその僧のもとに駆け寄り、

「おお、生きておったか。ここまで来ればもう心配は要らぬ。安心するがよい」

そう言うと皆で六人を宿坊に引き入れた。よくここまで辿り着いたものだと思うほど全員が衰弱していることに天祥は驚いた。我らが来た時はもっと足取りはしっかりしていたはずと、半年前のことが思い出された。よほど過酷な流罪行であったろう。

天祥は演此宗のことをよく覚えていた。明州から送られた七十一名の入明僧とは別に天界寺に来た日本人僧であった。

「長い話はあろうが、今日はゆっくり体をいたわるがよい。少し熱があるようだ」

天祥がそう言うと、他の三人と共に六人の汚れて疲れ切った体をきれいに拭き取ってやった。部屋の片側に六人の寝床が敷かれた。演此宗はもっと話をしたかったのであろうがすぐに深い眠りについた。半時も経った頃であろうか突然一人が激しい痙攣に身を震わせ始めた。そのうちに二人、三人と同じような症状を示し始めた。

「熱病のようだ。そのうち寒さが来る。布団をかけてやらねば」

その夜は交代で六人の看病が行われた。

夜も明けないうちに四人は弘聖寺へ朝の勤めに出て行ったが、帰ってみると演此宗を除いた五人はまだ寝床から身を起こすことが精一杯だった。大用の用意した温かい粥を口にした六人は、少し元気を取り戻したようで自分たちの名前を言った。天梵《てんぼん》、原果《げんか》、曇演《どんえん》、彦宗《げんそう》、天禅《てんぜん》とそれぞれ名乗った。

「我らは元の時代に海を渡り、来た時も修行の場所もまちまちであった。わしは揚州の大明寺、天梵は普陀山《ふださん》の慧済寺《けいさいじ》であったが、それは取り敢えず置くことにしよう」

演此宗は続けた。

「長江の鎮江《ちんこう》で涙ながら別れた我らは順調な船旅を続け、やがて海に出た。普陀山を見ながら南下して福州《ふくしゅう》、泉州《せんしゅう》と何事もなかった。行き着く先の殊崖はどんなところか語り合う平穏な日々を過ごしていた。十日も経った頃であろうか。それまで静かだった海が荒れ出してやがて大嵐になった。船は大揺れに揺れて全員が柱や船縁にしがみついた。しかし船は傾き、海水が流れ込んで来た。我ら全員が檻から出され、海水を掻き出す作業を手伝ったがその甲斐もなかった。疲労困憊の末に船は沈没、全員が海に放り出された」

「さぞ恐ろしい思いをしたことであろう」

斗南が自らの体験を振り返って言った。

「必死でもがくうちに近くにあった木材にしがみついてどうやら浮いていることができた。波間に沈んでいく仲間が大勢いたがどうすることもできない。ようやく波が静かになって空が白み始めた。瞬く星も見えた。同じように海上に漂う人影に気が付いて、声を限りに叫んだ。多分二、三十人はいただろう」

それまで黙って聞いていた天梵が寝床から身を起こして話の続きを受け継いだ。

「そばで演此宗殿の声が聞こえて我に返り、生きていると叫んだ。恐怖が治まり次第に事態を見極める分別も戻って来た。見れば岸までそう遠くないところに浮いていることが分かった。力を振り絞って岸に向かって泳ぎ出した。太陽が昇り暑い日差しが差す頃には二十人が浜辺に上った。日本人僧が十七人、衛士が二人、船乗りが一人だった。さっそくこの船乗りが付近の人家を訪ね、そこが広州《こうしゅう》に近い村であることが分かった。他に救助された者を待つこと三日、誰一人現れなかった。ひとまず全員が広州まで行って応天府からの命令を待つことにした」

こうして十七人の僧侶は広州の牢獄で過ごすことになった。その後もこの牢獄に送られてくる日本人僧は一人もおらず、沈没船の生き残りは我らだけであろうと思われた。やがて言い渡されたことは、雲南への流罪であった。なぜ殊崖ではないのかは不明だったが、雲南征伐軍が広州からも続々と派遣されていたため、その一員に組み込まれたようだ。どう見ても我らは兵隊としては戦力にはなりそうもなかった。しかし応天府から遠く離れたそこでは、現地の役人の判断で決められたようだ。広州からは雲南に物資を運ぶ輸送船に便乗して、大きな河を遡り桂林《けいりん》に着いた」

桂林と聞いて天祥は水墨画のことを思い出した。川のほとりに牛がいて、漁師が網を打つ小舟があり、その舳先に水鳥が止まっている。その先には切り立った山が幾重にも重なり、はるか遠くの山はぼんやりと霞んでいる。あの絵は一体どこで見ただろか。記憶の糸を手繰るように目を閉じて言った。

「桂林の山水は天下に甲なり言われる風光明媚なところ。その風景を描いた水墨画を見たことがある」

「その通り。漓江《りこう》という川が流れており、その両岸には梵鐘のような形の峰々が屹立《きつりつ》している。そこに辿り着いたのは夏の盛りであった。その暑さのためであろうか、十七人の大半が熱病に罹っていた。瘴癘《しょうれい》と呼ばれる病で、数日ごとに発熱があり体力も限界に近付いていた。すぐに雲南に出発できそうな状態でもなく、我々十七人は桂林の城門外にある開元寺《かいげんじ》に収容されることになった。ところがこの寺は鑑真和上のゆかりも深い寺であった」

「待て、待て、その話、確か我らが揚州で椿庭から聞いた話ではなかったか」

天祥が目を輝かせて身を乗り出した。

「日本に向け五度目の渡航の果てに流れ着いた殊崖で一年を過ごした後、鑑真和上と栄叡《ようえい》は広州から揚州に戻るために桂林に立ち寄った。するとこの地の有力者で馮《ひょう》という人の世話になって、滞在したのが開元寺であった」

「望んでも叶わぬこともあろうが、由緒ある寺に行ったものだ」

天祥が呟いたが演此宗はそのまま話を続けた。

「まったく。不幸中の幸いとはこのことだった。鑑真和上ゆかりの寺に辿り着いて、その喜びはひとしおだった。開元寺の和尚は寺の歴史に明るく、罪人と分かっていても我らに温かく接してくれた。病を癒し、体力をつけることに精進する日々が続いたが、重病人の容体は一向に良くならなかった。寺で調剤してもらった薬も遅すぎたようだった。残念なことに三人がそこで亡くなり、残されたのは我ら十四人だけとなった。あの時は三日ごとに苦難を共にしてきた友を葬った。しかしその顔は皆安らかだったのが救いだった」

横になっていた五人の僧も身を起こして、合掌して亡くなった者を偲んだ。

「残された者も健康だったわけではない。少数を除いて、やはり熱病に冒されていた。しかしいつまでも開元寺に居候《いそうろう》することは許されなかった。季節は夏を迎えていた。我らは雲南に向かう軍隊の一員として流罪行を再開した」

演此宗はここで息を整えるかのように間を置いた。

「それまでの雲南征伐軍は、桂林から湘江《しょうこう》を船で下り長沙《ちょうさ》を経て長江に出た。そこから蜀の険しい山を通って雲南に至る、と聞いていた。ところが我らは、頑強に抵抗する雲南を背後から攻める軍と一緒に送られることになった。桂林を船で出発した討伐軍は璃江から桂江を下り、今度は潯江《じんこう》を遡ることになった。やがてその船旅は山深い牂柯江《そうかこう》（現在の北盤江《ほくばんこう》）に至り、小さな城市に着いた。そこで全員が船を下ろされた」

天祥が言った。

「その道筋は弘聖寺の碧岩殿から聞いたことがある。漢の武帝の時代というから今から千五百年以上前のことだ。雲南には野郎《やろう》という国があった。武帝は唐蒙《とうもう》に命じて広州辺りからそこに至る調査隊を派遣した。牂柯江という川は唐蒙が辿った雲南への入り口に違いない。初めて漢の使者に会った野郎の人は、どちらの国が大きいか聞いたという。それが夜郎自大という言葉の由来とか」

演此宗話の話は続いた。

「それからが本当の地獄だった。枷は嵌められていなかったものの、兵士と一緒の険しい山道の行軍は日ごとに体力を消耗した。行く先も知らされず、あと何日歩き続けるのか皆目見当もつかない。日を重ねるごとに脱落者が増えて行った。倒れた者を介抱することも、命尽きたものを葬ることも許されなかった。夜になって行軍が止まると、置いてきた仲間を偲んで弔った。そして雲南の大きな城市、昆明《こんめい》に辿り着いた時には八名が脱落して我ら六人となっていた。その時に既に雲南は明の軍門に下っていた。そこに十日も留まったであろうか。最終の流刑地は大理と決まり、ここに送られて来たというわけだ」

涙なしには聞けない長い話が終わる頃には、日は既に蒼山の山影に落ちてきらめく星が現れた。その数は次第に増して、まるで流罪行で命を落とした日本人僧の魂が輝いているようだった。

月日が経ち、十人の流罪僧は弘聖寺の碧岩の計らいで、全員で朝課に通うことが許された。他の修行僧に混じって十人が共に城市へ托鉢《たくはつ》に出かけることもあった。弘聖寺の山門を出て坂を下れば蒼山門である。そこを潜れば商店が軒を並べ人々のはつらつとした暮らしがあった。天祥は坂を下りきって洱海の湖を見るまで一行を率いることが常であった。水のある景色は日本人僧の心を癒し、岸に打ち寄せる漣《さざなみ》は郷愁を呼び覚ました。このひと時は与えられた自由の許す贅沢の一つであった。

平穏な日々が続きやがて春が廻って来た。今日も日本人僧は托鉢に大理の城門を抜けて石畳の道を通り洱海に出た。湖面に光が踊り、細長い湖の対岸は春霞に煙っていた。ひと時の休憩の後、一行はいつもとは違う上り坂を歩き始めた。ここに住む人々の間にも弘聖寺で暮らす日本人のことは知れ渡っており、手を合わせて挨拶する人も少なくない。やがて一行は弘聖寺に戻った。列の最後尾にいた大用が一緒に付いてくる一人の少年に気が付いた。

「これから我らには勤めがある。ここまでだ」

大用は優しくその少年に言った。分かったと首を縦に振った少年は三門の外で立ち止まった。

その日の午後、日本人僧が坂の上の宿坊に戻ろうと三門を出た。するとその少年がまた現れ、大用の後ろに付いて今度は坂の上の宿坊まで付いてきた。全員が宿坊に姿を消すと、劉門番がその少年を追い返した。

「ここは子供の来るところではない」

そう言われた少年は黙って門の横にあった石に腰を掛けた。日暮れになって劉門番が扉を閉じようと外を見ればまだその少年が座り込んでいる。着ているものは薄汚れてはいるが乞食のようでもない。背丈は五尺、その細長い目と扁平な鼻を見て劉門番はこの少年が知恵遅れ、あるいは気に病があると思った。

「お前、まだいたのか。名は何という」

「……」

「名前だ」

劉門番が再び尋ねた。するとその少年は不明瞭な言葉で答えた。

「えいへい」

「永平、ここは流罪の日本人僧が住む宿坊だ。お前の来るところではない。帰れ」

そう言うと劉門番は冷たく扉に閉め、錠をかけた。

朝になった。日本人僧が勤めに出かけようと門を出ると、昨日の少年がまた現れた。劉門番が天祥に小声で言った。

「この子は名を永平と言い、普通の子でない。気に障害をもっておる」

天祥は頷くといつものように弘聖寺に向けて坂を下った。永平は大用の後ろから付いてきた。そして三門まで来るとそこで立ち止まり、一行が法堂に姿を消すのを見送った。午後になると永平が現れ、また宿坊まで付いてきた。劉門番が出迎えて天祥に言った。

「役所に問い合わせてみたものの、その子を探す親もいないそうだ。牢獄に放り込むわけにもいかず、しばらく宿坊で面倒をみるように申し付かった。そのうち、親が名乗り出るであろう」

天祥は頷くと、大用に言った。

「どうやら永平はおぬしと気が合うようだ。面倒をみてやってくれ」

そう言われた大用は永平に向かって、

「よかろう。わしが入門を許す」

一堂はどっと笑った。今までこのように皆で笑うことはなかった。

永平はおとなしい少年である。姓は王、年は十七才、生まれは山東と言った。雲南からはるか遠隔の地、海に近い山東から来たとは到底思えなかった。あるいは近くに同じ名の村でもあるかもしれなかったが、流罪僧にとってそんなことはどうでもよいことであった。大理の人に自分たちは扶桑《ふそう》の国から来たと言っても、誰もその国がどこにあるのか知らなかったし、それはどうでもよいことだったように。永平は次第に禅僧の暮らしに慣れて大用の助手となった。大用は宿坊の南側に菜園を設け野菜を作っていた。農作業は全員で行うものの日々の管理は大用がやっていた。次第にそれは永平の仕事となった。日本人僧が弘聖寺に行っている午前中は、菜園で過ごす永平にとって至福の時間のようだった。午後には豊かに育った瓜や豆が厨房に溢れていた。

永平は宿坊への出入りは自由であったから、どこかへ出かけて長い時間帰って来ない時もあった。しかし誰もそれをとがめることはなかった。ある秋の日の朝早く姿を消した永平は、夕暮れになってようやく戻って来た。自分の背丈ほどの一株の灌木を携えていた。翌日にはそれを菜園の片隅に植えている姿があった。翌日に再びどこかへ出かけた永平が、夕方になって持ってきたものは大きな木の根であった。それも菜園の片隅に植えたが、半分ほどは土の上に露出していた。次の日には恐らく城市で手に入れたものであろうぼろきれを持って帰った。それを細長く切って土の上に伸びている木の根に巻き付けた。今度は劉門番に借りた小刀で根の先端に切れ目を入れ、やはりどこかで見つけて来た葉のついた小枝をそこに差し込んだ。そして細く切ったぼろをよって紐を作り、小枝と切り口をきつく固定した。その作業を見ていた劉門番はその見事な手さばきに舌を巻いた。

「その接ぎ木の技は誰に習ったのか」

「仙人」

「仙人とは誰か」

「山の人」

永平との話はいつもこんな具合で要領を得ない。劉門番は笑いながらそれ以上聞くことはやめた。

翌年の春になると南風が吹くようになった。木々は芽吹き始め、蒔いた種から芽が伸びて来た。そのうちに永平が秋に植えた灌木に、桃色の可憐な花が咲き始めているのを斗南が見つけた。するといつのまにか永平が傍にいて呟いた。

「茶花」

斗南はすぐにそれが日本で言う椿であること思い出した。こうして椿の花を見ていると、この地に連れて来られた日のことを思い出した。大理城市の役所に着いた時、そこに大輪の椿が咲いていた。それにしても雲南に来てもう二年が経ったのか、そんな思いが脳裏をよぎった。その隣、永平が植えた根に目が留まった。先端に継いだ小枝からも芽が伸び始めていた。そうかこれも椿なのか。斗南は永平に聞いてみた。永平は頷いた。

菜園に植えてある野菜を育てることについても、永平はその才能をいかんなく発揮した。この少年の手になると、植物はまるで魔術師の技《わざ》に自由自在に操られているように見えた。葉は大きく広がり実はたわわに生った。今では大用にとって永平は欠かすことのできない立派な右腕となり、十人の日本人僧を賄う役割を担っていた。

こうして三年目の春を迎えると永平の継いだ椿に花が咲いた。布を巻かれた太い根の先から一尺ほどの小枝が伸びている。そこに掌《てのひら》の大きさもある花が開いた。蝶が羽を広げたような花弁《はなびら》が広がり、赤桃色の衣装を身につけた妖艶な舞姫の姿のようだ。

「この花の名は何という」

斗南は永平に聞いた。

「大理茶花」

「日本の椿は挿し木で簡単に増やせるが、これはどうか」

斗南の問いに永平は首を横に振った。

「種はできないのか」

「できない」

こうして永平の椿は年を重ねるうちに種類を少しずつ増やして椿園の様相を帯びて来た。しかしどれも花を付けるとその色と形の違いが素人にも分かった。永平は無暗に椿を植えているのではなかった。斗南が舌を巻いたのはやはり太い根に接ぎ木された「恨天高《こんてんこう》」という椿であった。

雄蕊《おしべ》を中心に同心円状に規則正しく花弁が広がっている。色は大理茶花と同じ赤桃色だが大きな風車が廻っているように見える。

こうして永平の椿園は日本人僧の憩いの場になった。

碧岩が宿坊に来ることは緊急の用事以外ほとんどなかった。この日は斗南から話を聞いて興味を持った碧岩が雀巣《じゃくそう》和尚を伴って宿坊を訪れた。雀巣和尚が日本人僧の宿坊を訪れるのは初めてのことだった。弘聖寺の住持と日本人僧が直接言葉を交わすことできるようになって久しかったが、特に天祥と斗南に寄せる信頼は特別なものが感じられた。

和尚は案内に立った劉門番に労いの言葉をかけ、宿坊の南斜面に広がる菜園と椿の花を見て回った。そこには花房の豊かな赤桃色の椿が絢爛と咲き誇っていた。傍らにはもちろん永平がいた。

「見事なものだ。ここは大理の花園だ。お前の身寄りの者はまだ見つからないようだが、ここはお前の家になったの。この椿園は永平園とするがよい」

その言葉に永平は言葉にはならない喜びを体全体で表した。

# 六 海へ

光陰矢の如し。雲南での平穏な暮らしの日々は流罪僧にも等しく流れ過ぎた。大理の地に流されて以来二十余年が過ぎ去った。明軍が雲南を平定して去ったあとでは特にも新しいこともなく、ここでの暮らしは十年が一日のように日本僧には感じられた。とはいえ同胞が一人去り、二人去りと宿坊から姿を消した。それとともに裏山の墓石の数が増えて行った。殊崖に送られるはずだった天梵、原果、曇演、彦宗、天祥、演此宗が年を追うごとに世を去って行った。全員が斗南と同じ年頃であったから五十前の年齢だった。船の難破以来の流罪行と熱病が六人の寿命を縮めたのであろうと、残された四人は語り合った。異国が終焉の地となった日本僧がいよいよ自らの死を悟った時、漏らす言葉は故郷への思いであった。青雲の志を抱いて明に渡り、修行を積んで故国に戻ることが共通の目的であれば不思議ではない。ここにいる日本人であれば心の中にいつも秘めている思いであって、普段言葉に出さないだけのことである。劉門番も既に亡くなり、後任は不要と言うことで宿坊への出入りは自由だった。しかも時折宿坊を訪ねてくる客も宿泊できるようになった。

永平は大用の助手として宿坊の切盛りを任せられていた。ここ十年に渡って三名の、身寄りがなく、知的障害のある少年がこの宿坊に身を寄せていた。この若者を束ねるのが永平で、大声を出すわけでも指図するわけでもないのにうまく物事が治まっていた。四人は大用の指揮下にあって典座の仕事の用事を手伝い、それ以外は永平の菜園と椿園で汗を流した。そこの椿は大理城市にも次第に知れ渡り、春の訪れとともに多くの人々が永平園に出かけて来るようになった。

弘聖寺では天祥と斗南は深い見識に裏打ちされた誠実さが評価され、知客執事《ちきゃくしつじ》を命じられた。弘聖寺を訪れる客をもてなす、いわば接待係である。以来、今まで外の世界と無縁であった二人には訪れる人々から、世の中の動きを聞き知る機会が多くなった。その中でも四人の流罪僧に衝撃を与えたのは洪武帝、すなわち朱元璋の死であった。跡継ぎのはずであった皇太子が既にこの世になく、皇太孫の朱允炆《しゅいんぶん》が即位した。これが建文帝《けんぶんてい》であった。ところが洪武帝の第四子、朱棣《しゅたい》が挙兵、甥の建文帝を攻め滅ぼして即位、永楽帝となった。洪武帝の死以来、僅か五年の出来事であった。

四人の日本僧の暮らしにも特に変わったことはなかった。中央での政争が雲南の地にいかなる影響を与えたか知る由もなかったし、関心もほとんどなかった。時折訪ねてくる客の四方山話から建文帝は死んでおらず秘かに雲南に潜んでいるようだと聞いたことがあった。しかし大理城市ではその気配も感じられなかった。

雲南で暮らす人々にとって、江南から中原を経てここに来るまでの流罪体験は聞いて飽きない話題に溢れていた。更に日本僧の漢文化に寄せる造詣の深さは人々の尊敬の対象にもなっていた。宿坊はいつのまにか文化サロンの様相を呈してきた。そこでは盛んに詩作が行われた。それは禅僧のたしなみでもあり、自らの心中を露にすることが許される機会でもあった。特に詩の才能が豊かだったのは機先であった。詩に読み込まれた異国的な言葉、はるか東海の扶桑の国に寄せる望郷の思いは人々の関心をかき立てた。加えて機先の囲碁の腕前はなかなかのものであった。どこで碁を覚えたか自分では言わなかったが、大用は明州の阿育王寺にいた時だという。大用と天祥にも碁を習う機会があったが二人はものにできなかった。宿坊で自由な時間を過ごす時には碁盤を前にする機先の姿があった。碁には打ち手の性格が現れるという。機先の碁は相手を果敢に攻め立てるものではなく、相手の手に乗って自由自在に打ちまわすといったほうが良いかもしれない。その碁風が機先と手合わせを求める訪問客の多さにつながっていたのであろう。何よりも碁を戦う相手との対話を楽しんでいた。ある日、機先との対局を楽しむ客は難しい局面を前にして呟いた。

「ここは今までのような閉鎖的な手段ではだめであろう。されば永楽帝の政治のごとく積極果敢に打って出るか」

機先の意表を突く一手を繰り出された。

「ほう、意外な手であるな。さればこちらも大きく模様を張るか」

それは今まで二人が打って来た碁とは違う展開となった。

「永楽帝の政《まつりごと》とはこういうものだ」

相手は盤面を見ながら続けた。

「明国は大きく変わりますぞ。今までのように内側に籠ってはおらん。広く世界に向けて積極的に出て行く時代になった。それは国内の統一が成って世界に冠たる帝国として君臨するということだ」

その勝負はわずかな差で機先の負けであった。しかし時代の変化というものがそこまで来ていることを知る機会でもあった。

永平園の椿が咲きそろった春のある日、応天府からの使者とその従者の三名が弘聖寺を訪れた。対応に出たのは斗南であった。永楽帝の使者は鄭和《ていわ》と名乗った。身につけているものは遠い昔、確かに見たことがある宮廷官吏の服である。鄭和の言葉は紛れもない漢人のものではあるが、その容貌は西域の人を思わせた。薄茶色に近い髪と眉。鼻筋の通った端正な容貌。瞳は青みがかった灰色である。大理には支配層の漢人以外に多くの民族が暮らしている。城市には異国の物品を商う毛色の違った人たちも珍しくない。その人々の宗教さえ違う。その多様な民族が暮らすのが雲南であり、鄭和という人物が珍しいのではない。異邦人の鄭和が宮廷人ということが斗南には不思議に思われた。

しかし斗南はことの重大さを理解して直ちに雀巣和尚に伝えた。長い年月住持を務めている和尚も体の衰えは隠すべくもないが、眼光にはなお精神の鋭さを留めている。斗南と天祥に伴われ、方丈で鄭和と対面した。鄭和は一礼すると厳かに言った。

「洪武帝の十三年、罪を得てこの地に流罪になった日本僧に、永楽帝即位に際して恩赦が下された。ここにその証書を持参した」

「ほお、それはまた驚きであるな。ここにおる斗南と天祥は四人のうちの二人である」

雀巣和尚は四人が大理に到着した二十数年前から今日に至るまでの経緯を説明した。かつて十名いた流罪僧は当初のように四名になったしまったことも。

和尚は聞いた。

「さて、恩赦とあれば四人の身柄はいかがすればよろしいかの」

「自由の身ということである。もはや雲南のこの地に縛られることはない。明国内での往来も自由、日本に帰りたければそれも許される」

鄭和の言葉はその場の斗南と天祥には大きな意味はないように思えた。二十年以上もこの地に住んで、今では弘聖寺の一員として何不自由なく平穏な日々を過ごしている。今更自由と言われても、既に今の境遇で不自由なことは何もない。

「よくわかり申した。さりとて四人にとって自らの身の振り方を思案するには時が必要であろう」

「そうであろう。弘聖寺の和尚に永楽帝の書状を渡せば我が使命は終わった。雲南は生まれ故郷でもあるゆえ、しばらく逗留させてもらえるであろうか」

鄭和のその意外な言葉に斗南はまた驚いた。宮廷の使者であれば大理城市の官邸に留まるのが普通であろう。

「それは何の支障もないことじゃ。ここにおる斗南と天祥が取り計らってくれる。ゆるりと過ごされるがよかろう」

こうして鄭和は弘聖寺の客となり、従者を伴っては毎日どこかに出かけて行った。

その夜、ろうそくの明かりを中心に四人はこれから先のことについて語り合った。聞こえるのは梢を揺らす春風の音だけである。

天祥が苦笑しながら話し始めた。

「我ら四人が共に暮らすようになって三十余年の月日が経つ。しかしこれから先どうするかなどと考えることはなかった」

大用が一堂の気持ちを代弁した。

「今更どこでも好きなところへ行け、と言われても行くところもなし」

機先が流罪行の苦難を振り返って言った。

「刑期を終えて日本へ強制送還、と言われれば茶馬古道を戻るばかりだが。今では我らの年は五十半ば、途中で行倒れが関の山であろう」

斗南は普段思っていることを素直に口にした。

「既にこの地で眠る六人の菩提を弔うのが我らの務めであろう」

床に落ちた四人の影は揺らぎもしない。

「日々是好日《ひびこれこうじつ》」

天祥が言うと一同納得したように笑みをこぼした。

唐末の高僧、韶山《しょうざん》雲門寺を開いた雲門分偃《うんもんぶんえん》が、修行僧に問うた公案の答えである。四人が雲南の地に来るまでの艱難辛苦を思い出してもどうにもなるものでもない。これから先、自由であると言われて何をすべきか思い悩むことはなかろう。自分の心の赴くまま日々を過ごせば良いではないか。

天祥と斗南が勤めを終えて弘聖寺の三門を出ると、そこに戻って来た鄭和と顔を合わせた。今日の鄭和は茶商人の衣服をまとっている。

「鄭和殿、今日はどうされましたか」

斗南が気さくに声をかけた。

「ここにいると官服は堅苦しくていけない。これを着ていると気楽で心も軽くなる。ところで宿坊は椿の名園と聞いたがのぞかせてもらえるかの」

「たやすいこと。どうぞ一緒に参られよ」

永平園の散策は薄暮ということもあり、明るい光の下での椿を見慣れた目にはかえってその妖艶さが引き立つようである。鄭和はゆっくり見て回りながら案内している斗南に問わず語りに話し始めた。

「私の任務は終わって、近々応天府に戻らねばならない。帰りは雲南から緬甸《めんでん》に出ようと思う」

「ビルマですな。私も茶商から聞いたことがあります。山を越えると広い平原が広がる王国があると」

「その先は南国の海が広がる。雲南に吹く暖かな風はその海から来る。ところで貴殿は日本から明州まで何度も船旅を経験したと聞いておる。しかも大嵐を経験したとか」

永楽帝の遣わした使者であれば、罪人の経歴もよく知っていても不思議はない。

「あの船旅は今でも鮮明に覚えております。生きた心地がしなかった」

「私と一緒に緬甸から海路で明州に行く気はないか」

ついこのあいだ四人で自由の身の振り方を語り合ったばかりだった。思いがけない問いかけに斗南は簡単に返事ができない。

「無理に、というわけではない。他の三人にも聞いてほしい。私はあと七日ここに逗留する。それまでに返事をくれればよい」

突然の話に斗南の心も動揺した。

その夜、斗南は三人に率直に諮った。風もないのにろうそくの火が揺れる。心の揺らぎが部屋の空気を乱すようで四人の影も落ち着かない。望郷の思いは誰の心にもある。しかしそれが息を吹き返して次の大いなる冒険に駆り立てるほど大きくなるであろうか。いくたびか夢にまで見た故郷の山河。懐かしい人々の面影。そこに帰って行くのが今の自分にとっての道であろうか。もう若くはないこの身が険阻な山々を越えることができるだろうか。穏やかな海原がいつまた怒り狂う地獄に変わることもあろう。

それから三日目の夜、四人はまたろうそくの明かりのもとに向かい合った。

「鄭和殿も出発されよう。我らの気持ちもはっきりさせねばならん」

天祥が言った。ろうそくの火影がまっすぐに伸びている。四人の影の乱れもない。心は定まったようだ。

「放下著《ほうげじゃく》」

斗南は言った。すべてのものを放り出そう。きっぱりと手放そう。

雲南のこの地に流れ着いたのは自分の意思で来たのではなかった。何か大いなる力に導かれ、翻弄され、どうにか辿り着いたに過ぎない。それに続く平穏な日々に不満があるわけではない。しかし自分の心はそれさえも捨て去れと命じている。

「良く分かった。我ら三名はこの地に留まる」

天祥が言うと、機先も大用も頷いた。

翌日弘聖寺で鄭和に顔を合わせた斗南は決意を告げた。

「よかろう。ところで貴殿は馬に乗れるか。緬甸までの道は山越えとなる。それから先は海路ゆえ問題はない」

斗南はそれまで馬に乗ったことなどあるはずがなかった。

「私はすでに老体の部類。いまさら馬に乗れるようになるであろうか」

「心配無用。それではさっそく稽古をつけよう」

かつて死の淵をさまようような流罪行を経験したことを思えば、どんなこともできるはず、と斗南は自らを励ました。鄭和と同じような顔つきをした李陵光《りりょうこう》という従者の一人が斗南に乗馬の手ほどきをすることになった。李の髪と髭は褐色だった。鄭和には髭がないため、二人が並ぶと李の方が偉そうに見える。李の馬の扱いは群を抜いており、その指導も板についていた。馬の背がこんなに高いとは意外だった。両足で馬の腹をしっかり押さえ、身を真直ぐに保つことはなかなか骨の折れる姿勢だった。それでも三日後には斗南も馬を自由に操ることができるようになった。

弘聖寺の三門には騎乗した鄭和と従者、それに斗南が並んだ。五人の着ているものは誰が見ても一見して雲南の茶商人のものだった。それぞれの馬の後ろには茶袋を満載した驢馬《ろば》が三頭ずつ鞍につながれていた。すでに雀巣和尚と碧岩はじめすべての人々との別れは済んでいた。

「おぬしの茶商人姿を見るのは初めてだな。良く似合っておる」

天祥が斗南を励ますように言った。

機先と大用の目には涙が溢れていた。永平と三人の若者も、なぜ斗南が去っていくのか分からないものの、別れの悲しみに包まれていた。そのつらさを振り払うように、李を先頭にした雲南の隊商はゆっくりと坂道を下って行った。残る七人は去り行く人々の姿が見えなくなるまで手を振り続けた。


五人の騎馬商人はそれらしく見えることは間違いなかった。しかしよくよく見れば鞍には立派な剣が下がっている。斗南には無用の長物のように思われたがさして気に留めることもなかった。一行は大理城市の南城門を背後に見ながら進んだ。城門の赤い屋根が日の光に鮮やかだった。青々とした洱海のきらきらと光る湖面は斗南に別れを告げているようでもある。長い年月であった。もはやこの景色を見ることはあるまい。そんな思いに耽りながら洱海から流れ出る川に沿って山の狭間《はざま》の道を西に進んだ。先頭を行く李が後ろからついて来る斗南を振り返り、心配そうな視線を投げかけた。斗南は首を縦に振って無言の問いに答える。それにしても馬の背に乗って見る景色が徒歩の時とこれほど違うものとは思わなかった。目線だけでなく身分さえ高くなったように感じるのが不思議だった。日暮れに到着した山宿では賓客を迎える扱いを受けた。惨めで哀れな流罪行を思い出すと弘聖寺の三門で別れた大用、機先、天祥の顔が浮かんだ。山宿とはいえ食事に案内された広間には器量の良い娘が三人も給仕に立ち、主人は愛想よく笑いながら自慢の料理を説明した。斗南が口にしたことのない豪勢な肉料理である。野菜と米しか食べない斗南に給仕の娘は気を使って料理を小皿に取り分けてくれる。立派な髭を生やした李は誰が見ても一番偉そうに見えるのは仕方がない。李が言うことには誰もが従う。

「気を使わなくても良いのだ。この御仁は静かに食事をするのに慣れておる。ところでこの肉は何だ」

「心配無用。豚肉はありませんから。これは鶏肉。回族の方がいることは承知しています」

すらりとした給仕娘が李に答えた。

従者の林武《りんぶ》と何軍《かぐん》は漢族に違いないが、鄭和と李は回族であったか、と斗南は気が付いた。大理には異なった民族が暮らしているが、回族は回教を信じる民族である。大理城市の外には回教寺院があって、礼拝に訪れる人々を見かけたことがあった。永楽帝の使者の鄭和と李陵光が回族であることが斗南には意外に思われた。

夕食のあと翌日の旅路の話も済んで各自に与えられた客室に下がろうとすると、宿の主人が現れて何事か李にささやいた。李が斗南に聞いた。

「女はいるか」

斗南には初めその意味が分からなかった。しばしの間をおいて斗南が苦笑しながら首を横に振った。

「そうであろうな。いや、愚問を許されよ。亭主、三人だ」

弘聖寺に逗留していた従者にとって禁欲の日々であったことは当然である。世俗の人間にとって普通の営みであることは斗南にも分かったが三人の意味は分からなかった。李と林と何の三人であろうか。


その日の山路は険しく両側から岩が迫る隘路《あいろ》に差し掛かった。そこを抜けると道は急に開け広々とした草原に出た。すると十騎ほどの集団がこちらに向かって来るのが見えた。黒い衣装、鳥の長い尾羽を付けた頭巾、腰には刀を下げた色の浅黒い男たちが茶商人の一行を取り囲んだ。斗南にも盗賊集団であることが分かった。李は驢馬を真ん中に林と何が鄭和と斗南を守る態勢を取った。

「荷を積んだ驢馬を置いていけ。命だけは助けよう」

頭目と思われる男が刀を抜き、威嚇するような大声で叫んだ。

「よかろう」

李はその通りに三頭の驢馬が数珠つなぎになった手綱をほどき、馬の足元に投げ出した。

頭目が手を振ると手下達が馬から降りて驢馬の手綱を拾おうと近づいた。その瞬間、李、林、何の三人は馬から飛び降り、鞍に付けた太刀を引き抜き電光石火の早業で切り伏せた。身のこなしの鮮やかさには、まるで舞うような優美さがあった。驚いたのは斗南だけではなかった。瞬く間に手下の半数を失った頭目は唖然として身動きもできない。それもほんの一瞬であった。頭目は大声を挙げて残りの手下と共に馬上から切りかかった。その刃を軽い身のこなしで空を切らせ、大きく跳躍したと思うとその背に太刀を浴びせていた。その惨劇は瞬く間に終わり、盗賊集団は幻のように消え失せてしまった。やがて李を先頭にした一行は何事もなかったようにその場を後にした。血潮を流して横たわっている主のそばで馬が草を食んでいた。

峠を越えると山道は下りとなり、空気が温かくなってきたのが分かった。道は平坦となりその幅も広くなった先には石垣で囲われた城市が見えた。

先頭を行く李がうしろを振り返って言った。

「緬甸との国境を接する瑞麗《ずいれい》だ」

茶商人の装いをした一行も馬を下りて李の後に付いて行った。小さな城市だが行き交う人々で賑わっている。雲南の産物を山と積んだ店が軒を並べ、住民も頭巾をかぶった腰巻姿の緬甸人が多い。李はその雑踏を抜けて、入って来たのとは反対側の城門に向かった。

「賀波河《がはこう》の流れが国境で、それを渡れば緬甸のムセだ」

城門を出ると大型の渡し船が待っており李の馬と驢馬が乗り込んだ。他の船はどれも小さなもので馬と驢馬を運ぶことはできそうもない。李の乗った船が戻るのを待ち、対岸に全員が渡りきった頃には李がムセの役人との交渉を終えていた。茶商の通行税支払いだった。

斗南にとって初めての緬甸であれば、慣れ親しんだ雲南とは空気の違いさえもわかるような気がした。ここでは時間の流れさえも雲南より緩やかのようだ。道を行く茶商人にちらりと視線を投げる住民も、それほど好奇の目で見てはいない。人々は頭巾を被り、腰巻を身につけている。黄色の衣をまとっているのは僧侶であることは明らかである。

一行はインワ（現在のマンダレー）という王都に到着した。川辺に点在していた家々が次第に多くなり、丘の上には金色に輝く巨大な仏塔が眩しく日の光を反射している。人々がざわめく市場に着くと、李がひとりその中に入って行った。ここで積み荷を売る交渉のためだと鄭和が言った。果物や野菜をいっぱいに盛った籠を、頭にのせた女たちが次々にやって来た。斗南はその様子を飽かず眺めていた。川で獲れた魚を商う店、鶏を籠に入れて売る鶏屋、その横にはさばいた鶏を軒先に吊り下げている肉屋、香辛料を入れた大きな袋を並べた店、斗南はその活気ある人々の営みに王都の豊かさを見るような気がした。

売買が成立したようだ。数人の緬甸人と李が出て来て茶を積んだ驢馬をすべて引き渡した。中身を確認した商人は納得したと手を合わせた。李はその対価の五つの布袋を受け取り、その袋をひとつずつ鄭和、林、何それに斗南に手渡すと、再び馬に乗るように言った。

市場で聞いてきたのであろう、李が馬を止めたのは大きな門構えの屋敷前である。皆に馬から降りるように言うと、門番に何事か話しかけて木札を手渡した。それは市場の商人の照会状のようなものであった。門前で待たされたのはそれほど長い時間ではなかった。やがて門の傍らに控えていた男たちが現れ、馬の手綱を引き一行を館に案内した。その建物は一階が最も広く、上に行くにつれて小さくなった四層であった。屋根の破風にはおびただしい彫刻があって、どれも天に向かって伸びている。まるで無数の槍が並んでこの建物を外敵から守っているような印象である。使われている木材はいかにも固そうで風雨にさらされ黒ずんでいる。一階には背の低い石が並べられ、それが境界を暗示しているのであろうか。遠目には水に浮かんだ巨大な船のようでもある。入口広間には金色の光を放つ仏像が並べられ壁には精巧な彫刻が施されている。

五人が通されたのは二階にある板敷きの大部屋であった。その中央には堅木のどっしりとした円卓と椅子が置かれている。一同がそこに腰を下ろして一息つくと背のすらりとした娘が木製の杯《さかずき》に入れた飲み物を持ってきた。口にした斗南はその甘味に思わずため息をついた。

「椰子《やし》の実の果汁だ」

李が言って、市場での出来事を話し始めた。

「取引はうまく運んだ。皆に配った袋には紅宝石《ルビー》と翡翠《ひすい》が入っている。この国の特産で価値ある品物だ。五人が分けて持ち運ぶのが最も安全だ」

斗南が袋を開けてみると、あずきの大きさで透き通るような赤い色の紅宝石と、薄緑色をした梅の実ほどの翡翠が入っていた。

「この屋敷は遠来の客が宿泊できる迎賓館で、市場の商人から紹介された館だ」

「それではここにしばらく逗留して次の旅をどうするか考えよう」

鄭和が言った。

その建物の最上階から見ると大きな河が王都の中央を流れているのが見えた。夥しい船が行き交うのもこの都の繁栄を象徴しているかのようである。夕日が川面に反射してその光を受ける金色の仏塔がいくつも輝いている。その中でも小高い丘の上の仏塔はひときわ目立つ存在である。

夕食の用意ができたのであろう、さきほどの娘が現れ一階の広間に皆を案内した。通された室内の中央には見事な彫刻が施された脚をもつ長方形の卓が置かれ、背に透かし彫りのある椅子が五脚あった。客人が席に着くと給仕の娘たちが数々の料理を運んできた。特に目を引いたのは香菜と一緒に調理された大きな川魚であった。娘が取り分けてくれた皿に手を付けた一同はその薬味の効いた味に舌鼓を打った。

翌日は緬甸人の衣服に着替えた四人と黄色の僧衣をまとった斗南が王都の散策に出発した。散策とはいえ鄭和とその配下にとっては今後の旅の計画をたてるための調査であろうと、斗南は想像した。雲南からインワまでは全員が茶商の服装で通してきた。博多の聖福寺に入門を許されてよりこのかた僧衣以外は身につけたことのない斗南にとっては、多少着心地の違いはあるにせよ緬甸の僧衣の方がしっくりした。李が先頭に立って向かったのは船着き場であった。海に出るのは大河を船で下るのが常道というものである。斗南には李が大きな船の船頭と言葉巧みに話を交わすのが驚きでもあった。何人かの船頭から聞いた話では川下にはハンターワディという別の王国があり、海に面したベグー（現在のバゴー）が都だという。そこまで行く船は限られており二日後の早朝に出るとのことであった。その船に乗るには川端にある船役所の手続きが必要だった。午前中で旅の方針が決まり、行き交う船を見ながらの昼食は心楽しいものであった。こんな気分で異国を旅したことが今まであったろうか。斗南は悠久の流れと人々の営みを見ながらふとそんなことを思った。

「夕刻には館に戻られよ。それまでは各自、好きに時を過ごしてよい」

鄭和が言うと斗南は丘の上の仏塔を訪ねてみることに迷いはなかった。緩やかな坂道を登って行くと、木立の間から夥しい数の金色に輝く仏塔が見えた。明国と雲南を旅して数えきれないほどの寺院を見て来た斗南であったがそれは初めて見にする光景だった。伽藍の一つに入ると極彩色の釈迦像が生きているかのような眼差しで見つめている。雲南の古い寺院でも何度も見かけたことがある仏の表情であった。隣には巨大な涅槃像が横たわっている。雲南で過ごした長い年月が急に蘇り、懐かしい人々の表情が次々に蘇って来た。時空を越えて生かされている自分を思わずにはいられなかった。

それから二日後の朝、鄭和以下四人は大型の屋根付き船の一隅に座を占めていた。大理から乗って来た馬も護身用の刀もすべて売り払われ、緬甸の紅宝石と翡翠に替えられていた。船にはインワの産物が積まれハンターワディ王国の都、ベグーという港町まで運ばれることになっていた。流罪行で長江と黄河の流れを目にした斗南には、イラワディと呼ばれる大河は自分の辿って来た人生を思い出させずにはおかなかった。それにしても穏やかな船旅である。妨げるものは何もない。船のたてる水音が絶え間なく聞こえるだけである。

ベグーの王都に着いて驚いたのは仏塔と涅槃像の巨大さであった。それはこの王国の力を誇示しているようだった。港には異国から来た大船が何隻も停泊していた。鄭和はこの船乗りや商人が宿泊する館を宿に決めると李、林、何に命じて東に向かう船の情報を集めさせた。どうやら天《てん》竺《じく》から来る船が多いらしい。李はその国がインドと呼ばれると言った。多くの船が目指す先はマラッカとシャムであった。最終目的地が明州であればそこを目指す船を探さねばならない。

待つこと三日目にして大型の、積み荷の少ない船が入港した。舳先には二つの大きな帆がついている。李はさっそく白い布を頭に巻いた精悍な顔つきをした男に話しかけた。それが船長で驚いたことに漢話ができた。その船は明の広州《こうしゅう》に行くという。長い交渉の末に五人はその船に乗ることになった。

「幸便と言うしかない。大食《タージー》の船だ」

鄭和が斗南に説明した。

「阿拉伯《アラブ》という天竺よりもっと西にある国の商人のことだ。船賃は我らが持っている宝石で十分だが、何も持たない丸腰の男五人の素性に不審を抱いたようだ。無理もない」

「それでどのような説明をして納得させたのか」

「私と李が雲南の回族であること。雲南茶の売り先に緬甸や暹羅《シャム》を調べに来たと言った」

「それで出発は」

「良い風が吹けばいつでも出航する」

斗南は日本から明州を目指した頃を思い出した。風待ちをして何日も停泊した船旅もあった。それにしても雲南を出た時は椿が咲いていた。あれから二月は経っている。季節のない毎日が夏の国とはいえ今は夏の盛りということになる。

帆に風を一杯に受けて船が出たのはそれから三日後だった。船の積み荷の大半は象牙と香木で明国では高値で売れる商品だった。船の一隅に座を占めた五人のところに船長が来て名を聞いた。ひとりひとりの顔と名前を確実に覚えようと何度か声に出して繰り返した。阿拉伯《アラブ》人の名前は独特の呼び方があるが、自分の姓はアッバース、名はナセルだと船長は言った。

船が出発して海風に吹かれていると、達磨大師が禅の布教に遠い梁の国を目指した時のことがふと斗南の脳裏をかすめた。はるかに昔のことで船はもっと小さく頼りないものだったであろう。船乗りから仏教の盛んな国が遠い東の彼方にあることを、聞いていたに違いない。確固たる信念を持ち続ければ、達磨のように応天府に行き着くことができるであろう。

そんな思いにとらわれている僧衣の斗南が気になったようで、アッバースはしきりに質問を繰り返した。斗南は日本から禅の修行に明に来て、雲南に流れ着き、そこで鄭和と知り合って付いて来たと言った。

「扶桑の国か。明国の東にある島と聞いたことがある。その国から押し寄せる海賊で有名だ」

倭寇が阿拉伯人にも知られていることに斗南は驚きと共に恥ずかしさも感じた。

「この海にも海賊はたくさんいるぞ。日本の海賊が一緒であれば心強い限りだ」

そう言うと大声で笑った。

それから数日して船は海峡に入って行った。たくさんの荷を満載した船が何度かすれ違った。どの船も巧みに帆を操って風を受けて進んで行った。やがて狭い海路の左舷に人家の密集する町が見えて来た。

「マラッカ（満剌加）王国だ」

アッバース船長の命令一下、船は港に入って行った。着岸した船には役人と思われる男たちが乗り込み、積み荷を調べ始めた。

「通行税の取り立てだ。この港で商売する気はない。水と食料を補給するだけだ。終わればすぐに出港するのであまり遠くには行くな」

船長はそう言うと配下の船乗りにてきぱきと指示を出した。

その間、五人は上陸して港の様子を見て歩いた。高床の建物が軒を連ね、椰子の葉で葺かれた大屋根の棟木《むなき》が破風《はふ》のところでそり上っている。その建物の後ろにはさらに一段高い巨大な屋根が聳えている。恐らく王宮であろう。その周りには椰子の木が風に揺れている。その脇には大きな団扇《うちわ》のような葉を空に広げる大木があった。船長と同じ布を頭に巻いた、浅黒い顔の男たちが整列している建物は兵舎であろう。

卓の周りに数人の男たちが座って何やら食べている店があり、空腹を覚えていた李が真っ先にその中に入って行った。笑みを浮かべた愛想のよい娘が出て来て注文を取った。二言三言、李が言うと娘は頷いて引き下がった。しばらくすると大きな椰子の実が出て来た。心地良い海風に吹かれながら、開けられた穴から果汁を飲む五人は渇きを癒すことができた。次に給仕娘が持ってきたのは大皿に盛られた椰子油で炒めた飯であった。取り皿用に十分な大きな葉が一人ずつ配られた。鄭和がまず手で一握りの飯を取ると皆がそれに倣った。斗南もみずみずしい厚手の葉に炒めた飯を取り分けると三本の指でそれを口に運んだ。無言の食事が常である禅僧の斗南を除いて、他の四人は饒舌であった。皆は今まで経て来た旅の話に花を咲かせた。

全員が船に戻ると出港の準備が整っていた。見ると縦長の厚板が積み込まれていた。斗南がアッバース船長に何かと聞くと、

「使わなければ幸いだ。そのうちわかる」

追い風を受けて帆が大きくはらみ、船は順調に滑り始めた。操舵手は船長の指示を受けて狭い海峡に注意深く船を進めた。

数日後には海峡の出口に差し掛かった。左舷に大きな島影が見え、右舷には海が大きく広がっている。ところがそれまで吹いていた風がぴたりと止んでしまった。雲一つない紺碧の空が遥か彼方で群青の海と水平線で区切られている。波ひとつない大海原には現実のものとは思えない静けさが占めていた。すると島影から黒い船が湧き出して、動きを止めたこちらの船に向かって来るのが見えた。次第に近づく船の数は十隻ほどであろうか。どの船にも黒い頭巾を被った男たちが五、六人乗り込んでいる。

「いよいよ来たか。この辺りにたむろする海賊だ。奴らは動きの取れない我らに向かって最初に矢を射かけてくる。それをこの盾で防ぐのだ。矢には毒が塗ってあるから当たればあの世行きだ。その後から賊は船に切り込んでくる。ここに刀も用意してある。皆で力を合わせてこの危機

を切り抜けるしかない」

そう言ってアッパース船長は皆に盾と刀を持たせ右舷と左舷の配置に着くよう命令した。

殺傷には縁のない斗南ではあるがこの場に及んで断るわけにもいかない。盾の後ろに身を隠しひたすら経を唱え始めた。やがて矢の雨が降って来た。盾に当たる音がして思わず後ろにのけぞりそうになるが何とかこらえた。激しい一斉射撃ではあったが幸い矢に当たって負傷した者はいないようである。空を切る矢の音が止んだと思うと小舟から鈎《かぎ》のついた縄梯子が投げ込まれた。それを断ち切ろうとする暇もないうちに海賊が身を躍らせて侵入してきた。いたるところで刃《やいば》のぶつかる鋭い音と海賊の雄叫びが響き渡る。斗南は盾を持ったまま呆然とするばかりであるが、李、林、何の動きは見事であった。一騎当千の兵《つわもの》が獅子奮迅の戦いを繰り広げたのである。一瞬の静けさが訪れたと思ったその瞬間、切り伏せられて横たわっていた海賊の一人が急に立ち上がり、大音声をあげて傍にいた鄭和目掛けて切りかかった。それを見た斗南は盾を持ったままその賊に体当たりした。刀が盾に打ち込まれた衝撃で斗南は後ろにのけぞって尻餅をついた。二人の命が窮地に陥ったと思われたその時、李の刀が一閃、賊の首が宙に飛んでいた。命からがら逃げ去った海賊船は僅か数隻だった。この惨劇の終わるのを待っていたかのように風が吹き始めた。それと同時にアッパース船長の号令が響き渡った。船は大きく左舷に舵を切り、北に向かった。

血糊で汚れた船の清掃が終わって着いたのはアユタヤ王の支配する暹羅《しゃむ》の港であった。小舟が行き交う中に大型の阿拉伯《アラブ》の交易船が停泊していた。アッバース船長はその船の隣に錨を下ろした。上陸準備が整うとさっそく役人が乗り込んできて積み荷の検査を始めたのはマラッカの港と同じである。通行税を納める手続きが済むと一行は上陸して港に面した大きな館に落ち着いた。アッバース船長はさっそく隣に停泊している船に行って話を聞いてきた。明国の広州で商いを終えて、国に戻る船であった。皇位を争う内乱の影響も軽微で、港は各地から来る船で賑わっているという。

港町に明かりがともる頃、館の広間でアッバース船長が皆を招いて夕食会を開いてくれた。アユタヤ王の君臨する都は港からはるか北にあるため船長もまだ行ったことはない。しかし海外諸国の貿易船が出入りするのはこの港で、暹羅国の産物を扱う商人はここに集まって来る。そんな船長の話を一同は聞いていた。鄭和と三人の従者は緬甸人から暹羅人の衣装に着替えている。斗南もやはり当地の僧衣をまとっていたが、色が多少変わっただけで違いはほとんどなかった。大屋根が架けられた広間には心地良い風が吹き抜け、夕闇の中に白く光る波が寄せる海が見通せた。

「先日の海賊を撃退した皆の活躍には心から感謝している。お陰でこうして生きていられる。それにしてもお連れの三人の方の腕前には恐れ入った。見事な太刀さばきで寄せ来る海賊をなぎ倒す様子は神業としか思えなかった。神の御加護そのものだった」

船長の言葉にも鄭和は控えめな笑みをこぼすだけで、

「私もこの日本僧のおかげで命が助かった」

そう言って斗南に感謝した。

一汁一菜に慣れた斗南には豪勢すぎる食事が次々に運ばれて来た。やがて広間の片隅に楽師が現れ、きらびやかな衣装に身を包んだ踊り子が軽やかに舞い始めた。斗南はまるで竜宮城に行った浦島太郎になったような気分であった。

やがて宴も終わり船長と共に李、林、何の三人はいつの間にか姿が消した。残された鄭和と斗南だけがきれいに片づけられた大きな卓に向かい合い椰子の実の果汁を楽しんでいた。

「久しぶりに女たちの所に行ったのであろう」

鄭和がぽつりと言った。

「聞いてはいけないことかもしれませんが、お尋ねしてもよろしいか」

斗南は鄭和が謎を秘めている人物であると長い間思っていた。二人だけのこの機会に思い切って質問してみることにした。

「よかろう。お主には命を救われたことでもあり、答えることにしよう」

「雲南での山宿と、今回も、なぜ女に近づかれぬか」

「ははは。私は宮刑を受けた身だ」

その意外な答えに斗南は驚きを隠せなかった。

雲南が明国に平定されたのは鄭和が十二才の時であった。鄭和は人質として応天府に連れて行かれたが、その聡明さが際立っていたため洪武帝の四男、朱棣《しゅてい》に仕えることとなった。しかし宮廷での暮らしのため去勢され、宦官としての身に甘んじなければならなかった。その朱棣が甥の二代目皇帝、建文帝を滅ぼして永楽帝として即位したことは、鄭和の運命を大きく変える転機となった。洪武帝の時代は明国統一が優先して国外に配慮する余裕はなかった。しかし永楽帝は国の基盤が確立された後を受けて、積極的に周辺国支配を推進することに舵を切ったのであった。明朝廷は世界に覇をとなえる国家を目指す決心をしたことになる。雲南の色目人、しかも回教徒である鄭和は国際人として永楽帝にとって余人をもって代え難い人材であった。

「永楽帝は明国の派遣する使節団を率いるよう命じられたのだ。雲南に行ったのは緬甸への道を拓くのが目的で恩赦の使いが主ではなかった」

斗南は思わず苦笑いをこぼした。

「すると緬甸からマラッカ王国、暹羅国に立ち寄った船旅は将来の使節団派遣の下見というわけか」

「それもある。しかし、永楽帝にとって気になることは、甥の建文帝の行方が知れぬことだ。

雲南に潜んでいるという噂もあったが、その気配はなかった。海外の国に逃れたのかも知れない。いや、余計な事を言った……」

奇想天外な話に驚いて斗南は時の経つのも忘れていたが、外を見れば海原の上には満天の星がまたたいていた。斗南は鄭和が永楽帝の命を受けた密使であり、従者の三人は建文帝の命を狙う刺客ではないかとも思った。

アッバース船長が仕入れのために忙しく動き回った三日の間、鄭和はアユタヤ王国の様子を丹念に調べた。斗南は緬甸とは少し様相が違う仏教寺院を見て歩き、日本ではほとんど見られない巨大な釈迦の涅槃像に人々の信仰の安らぎを見た。

順風を受けて平安な船旅が続き、船は北を差して進んだ。左舷には木々で覆われた陸地がずっと続いているのが心強かった。夏につきものの大嵐に会わぬように、アッバース船長は配下の船乗りと敬虔な祈りを欠かさなかった。それに鄭和と李も加わっていたのは言うまでもない。

神の加護もあって船は無事に占城《チャンパ》王国の港に入った。明に臣従する歴史の長い占城国は、諸外国との交易も盛んで明に向かう船の重要な中継基地となっている。鄭和は何か目的があったのであろう、従者の三人と共に王宮に出かけて行った。今では鄭和の行動が理解できる斗南は一人で城市の散策に出かけることにした。

人々の着ている裾長の白い衣装には斗南は見覚えがあった。遠い記憶を呼び覚まし、それが洪武帝朝見に師の祖来《そらい》と共に応天府に行った時であることを思い出した。異国の使節が宿泊する会同館であった。それと同時に明使の趙秩《ちょうちつ》と楊載《ようさい》の顔が浮かんだ。あれから既に三十年以上の月日が経つ。その時の隔たりを飛び越え、見覚えのある衣服を着た人々を目にすると、過ぎ去った日々が一瞬であったことを思い知らされた。

大勢の娘たちが働く工房を見つけた斗南は、その敷地に足を踏み入れた。姿を見かけた門番が出て来て斗南を制した。斗南は身振りで中の様子を見たいと説明を繰り返した。門番はおかしな僧侶が来たと思ったのであろうが、ついて来いという仕草で工房の中に斗南を導いた。

この国の人々は手先が器用なのであろう、絹織物に様々な色に染められた絹糸を刺して美しい模様を描いている。僧衣の斗南が刺繍という作業に見入っているのを、娘たちは不思議そうな眼差しで見ていた。その中の一人が針で描いているのは椿の花であった。しかしその色は見たこともない黄色であった。斗南は大理に残してきた機先、大用、天祥の三人を、そして椿の花を咲かせる名人の永平を思いだした。黄色の椿を見たら永平はさぞや驚くだろう、そんな想像に耽りながら斗南はその花が咲いているところを見たいと思った。そんな気持ちが通じたのであろうか、針を刺す娘は手を止めて外を指さした。斗南はその指の先に、黄色の花が咲いているのに気づいて外に出た。その灌木は見慣れた椿より厚手の葉を茂らせ、黄金色の花を数多く咲かせていた。

花の大きさは小ぶりな侘助椿《わびすけ》ほど。斗南はその可憐な花を飽かず眺めた。

アッバース船長も次は最終目的地の広州ということで、吟味した商品を仕入れて船に積み込ませた。そして船は北に向け、順風満帆これ以上の航海は望めないほど軽やかに進んだ。やがて大きな島が前方に見えて来た。それが殊崖であることを聞いた斗南に大きな衝撃が走った。鎮江で別れた捕囚の禅僧たちが行き着く先はここだったのか。ここに辿り着いた日本僧が何人いたかは分からない。命からがら雲南に辿り着いた演此宗《えんしそう》、天梵《てんぼん》、原果《げんか》、曇演《どんえん》、彦宗《げんそう》、天禅《てんぜん》の面影が脳裏をよぎった。大理の僧房で共に過ごした日々が蘇り、斗南の心は大きな感傷に沈んだ。それぞれ大望を抱いていた亡き同胞は、身に降りかかる危険は覚悟の上であった。しかしそれが実際どのような結末を迎えたか知っている斗南には、志半ばにして世を去らねばならなかった友の無念をあらためて思うのだった。

船は左舷に殊崖島を見ながら北東方向に向かう海流に乗って進み、やがて広州の港に着いた。大きな船が数隻停泊しており、竹を横方向に補強材として使った帆を見れば斗南にもそれが明国船であることが一目でわかった。初めて見る広州城市は、ここが明国であるとは思えないほど異国の要素に満ち溢れていた。

アッバース船長が一行を案内したのは豪壮な阿拉伯《アラブ》人の館であった。五人の旅人はそこで賓客待遇でもてなされた。通された部屋は精緻な透かし彫りを施された薄い壁で仕切られ、斗南が今まで見たこともない迷宮のような趣を醸し出していた。そこの使用人には漢人が多く、雲南以降の旅で感じていた斗南の意思疎通のもどかしさは雲散霧消した。その館は外国人を優遇した元時代に建てられ、長い歴史を誇っているという。危険に満ちた海を渡り広州に来た阿拉伯人はここで絹を、途中の熱帯の国々で香辛料を積み込み、故国に戻れば巨万の富を手にしたという。

阿拉伯人館でのもてなしには後ろ髪を引かれる思いもあったが、鄭和は明州行の船を見つけると直ちに出発することに躊躇しなかった。別れ際に鄭和は感謝の気持ちを込めて言った。

「あなたとはまたどこかで会えるような気がする」

鄭和の言葉にアッバース船長は答えた。

「その時は再会の宴を開こう。神の御心のままに」

遠洋航路を行く明国船が数隻停泊する中で、堂々として周囲の小舟を睥睨《へいげい》している大型船があった。爪哇《ジャワ》という島から香辛料を仕入れて、母港の明州に戻る船であった。船長は周成龍《しゅうせいりゅう》と名乗り、明州出身だった。生来の船乗りで浅黒く焼けた顔は三十代の脂の乗りきった自信に溢れている。良く通る声で若い乗組員にてきぱきと指示を出していた。鄭和はじめ総勢五人の乗船を承知した船は、ゆっくりと広州港を後にした。

周船長の船は左舷に陸の影を見ながら北東に進んだ。船を過ぎる風にそれまでとは違ってかすかに涼しい空気が混じるようになった。その風が生まれ故郷を斗南に思い出させた。泉州から福州までの船旅は順調そのものであった。あと数日後には舟山群島が見えるだろうと周船長が言った。ところが船尾のはるか先に不穏な雲を見つけると眼差しに険しさがよぎった。それが大嵐の前兆であることを予想すると、積み荷が崩れぬようにしっかりと綱で固定するように乗組員に命じた。これまでの長い船旅で嵐に遭わなかったことが不思議と言えば不思議であった。船長は帆を下ろすように命じると、来るべき暴風雨に備えた。それから一時も過ぎたであろうか、風が強まり大きな雨粒も落ちて来た。次第に船の揺れが大きくなった。最終目的地の明州はもうすぐというのに、ここまで来て命を落とすことになるのか。斗南は何としても生きて再び懐かしい地に辿り着きたいと願うのだった。夕闇が迫り、いつか経験した夜の海地獄が襲って来た。鄭和と従者たちもころげぬように固定物にしがみついている。風の唸る音が不安を募らせる。寄せる波に乗った船は大きく上昇すると、次には奈落の底に突き落とされるように落ちていく。斗南は座禅を組むと経を唱え始めた。すると斗南の目の前に現れたのは雲南の雀巣和尚の姿だった。その瞬間大音響と共に雷が落ちた。

「喝《かつ》」

落雷は和尚の声であった。

斗南の眼前にあるものは消え去り、明るい光が満ち溢れた。斗南の不安な心はかき消すように失せて、静寂に包まれた漠とした広がりがあるだけであった。斗南は船床に張り付いて揺れる船の動きと一体になって浮遊しているかのようだ。これが悟りの境地なのかと斗南は思った。どれだけの時が経ったのか分からなかった。次第に船の揺れは小さくなり、荒れ狂った風も弱まって来た。それから一時も経ったであろうか、暴れる龍神が海底に姿を消したかのように波が静まり、水平線の彼方が白み始めた。周船長の声が響き渡ると船乗りたちはそれぞれの持ち場についた。積み荷の状態を調べて報告するよう全員に命令した。やがて周船長に報告がもたらされ、船の状態が明らかになった。幸いなことに人的被害はなし、積み荷にも流されたものはほとんどなかった。

「落雷で帆柱が折れているが何とか航海はできそうだ」

船長の言葉に皆も胸をなでおろした。

夜が明けるとともに遠目の効く見張りが前方になだらかな山を抱く島影を発見した。船長はそこへ向けて進むよう舵手に指示した。船乗りたちは浅瀬に乗り上げないよう慎重に進路を探して、停泊できそうな入り江を目指した。海水は青く澄み渡り、海底には色とりどりの珊瑚《さんご》が群生している。その様子に周船長は琉球国の島に流されたのではないかと推測した。

島に上陸できたのはその日の昼過ぎであった。集まって来た島民に船乗りが話かけるが一向に通じない。その村の長老であろう、長く白い顎鬚《あごひげ》を生やした老人が現れた。呼ばれた斗南は日本語で話しかけたが、彫りの深い顔に大きな黒い目の老人の言葉は斗南にもなかなか聞きとれない。それでも何とか理解できたのは、その島が琉球国の石垣島であり、水と食糧は提供できるということであった。有難かったのはその島には清らかな水の湧き出る泉があって船人が喉を潤すことができた。そのまま飲める生水とは縁のない暮らしをしてきた斗南にとって、それで日本に戻ったような気がした。長老は海の向こうにある明国を知っていて友好的だった。折れた帆柱の応急修理にも協力を惜しまず、数日で作業は完了した。装備を整え、水と食糧を補給した船は明州目指して帆を挙げた。

それから五日目、穏やかな海の先に舟山群島が見えた。斗南も一度訪れたことのある普陀山を右舷に見ながら、その懐かしさに思わず船縁から身を乗り出した。するとなぜか成都で別れた権中と椿庭の面影が俄かに蘇って来た。永楽帝の恩赦令は二人のもとにも届いていることだろう。あの二人はその沙汰をどう受け止めたのか。蜀の都を去って日本に戻る旅に出たのだろうか。もしそうだとすれば緬甸や暹羅を巡って来た斗南より先に日本に戻っているかもしれない。

船は進んだ。鄞江《ぎんこう》（現在の甬江《ようこう》）を遡り、やがて明州城市の港に着岸した。青雲の志に燃えてこの港に初めて来て以来一体何年の月日が過ぎたのだろうか。斗南の年は今年五十五、聖福寺の頑石和尚に明国に渡るよう命じられたのは十八の時だった。あれから三十七年も経つのか。そんな感慨にふけりながら賑やかな船着き場の様子をぼんやり眺めていた斗南に、鄭和が声をかけた。

「我らはこれから応天府に向かい永楽帝に会いに行く。おぬしはどうする」

「雲南からここまでお導き頂き、感謝の言葉もありません。ひとまず会同館に宿を取り、日本に向かう船を待ちたいと思います」

そこに現れた周船長に鄭和が言った。

「広州からの船旅、無事に明州に来られたこと、心から御礼申し上げる。あの大嵐の中、沈着冷静な判断には恐れ入った。応天府から沙汰をいたすのでそれまでお待ちいただきたい」

周船長はにこやかに微笑むと別れを告げた。

斗南は去り行く鄭和に声をかけた。

「遠大な船旅を前に良き船人を得たようですな」

鄭和は頷くと李、林、何の三人の従者をしたがえて応天府に向かう船に乗り込んだ。

外国使節の宿泊施設、安達駅には昔の顔見知りがいなかったのは無理もない。斗南は館長に最近の来朝使節について聞いてみた。挙げられた国名の中で知らぬ国はなかったので明州に出入りする国が変わった様子はなかった。日本からの使節もそれほど頻繁ではなかったが相変わらず来ているという。昨年も空が澄み渡る秋に遣明使の船が来た。今年もそろそろ来る頃ではないかという話であった。

翌日斗南は阿育王寺を訪ねてみようと思い安達駅を出ようとした矢先のことだった。

「日本からの遣明船が到着した」

館長が斗南に声をかけた。

何と運の良いことか、と思いながら斗南は急いで港に出かけて行った。

確かに日本から来たと一目でわかる大型の船から積み荷が降ろされているところであった。恐らく第二船も到着するに違いない。いかにも遣明使と見える、威厳のある僧衣の人物に斗南は声をかけた。

「某《それがし》は明国で修行する斗南英傑と申す。貴僧は遣明使であられますか」

自分ではいつまでも若いと思っている斗南ではあるが、初対面の者には年を重ねた高僧のように感じられるのであろう、斗南に慇懃に答えた。

「いかにも。明室梵亮《みょうしつぼんりょう》と申す。明州で修行する日本僧は多いと聞き及んでおります」

男盛りのきりりと締まった表情は斗南に雲南弘聖寺の碧岩を思い出させた。

「応天府の永楽帝に拝謁されるようにお見受けいたすが」

「いかにも。源道義《みなもとみちよし》殿の国書を奏上いたす。後から来る船を待って市舶司の沙汰があり次第出発する」

「すると帰国は早くてひと月先になりますな」

「さよう。ことがうまく運んでの話だが」

「帰り船に乗せていただくわけには参りませぬか」

「修行しに来る僧もおるゆえ、帰る僧が一人いても妨げにはなるまい」

それを聞いて斗南は深々と頭を下げた。

「お忙しいところお引止めして失礼申し上げた。拙僧も安達駅におりますゆえまたお目にかかれましょう」

明室は一行と共に波止場を後にした。

斗南は積み荷を降ろす人夫に指示を出している船長にも声をかけた。

「明室様から帰り船に乗せていただく許可をいただきました斗南英傑と申すものでございます。日本にお連れいただくよう願い申す」

「明国で修行された坊様でござるか。わしは宇久久《うくたひさし》と申す」

その名を聞いて斗南は思わず大声を出しそうになった。恐らく五島の宇久一族の者であろうか。ひょっとすると宇久孝の息子かも知れぬ。そういえばよく似ているではないか。八重はどうしているのか。多くの孫に囲まれていることであろう。一瞬にして斗南の脳裏には昔日の人々の面影が駆け巡った。

「つかぬことを伺いますが、時の将軍は足利義満殿でござるか」

「おお、その通り」

「明室様から源道義殿の国書を持参されたと伺いましたが」

「詳しいことは知らぬが、昨年も同じ頃来たが、国書は退けられたと聞いておる」

足利将軍の祖先が源氏であれば国王名として嘘にはなるまい、と斗南は思った。それにしても征西宮は如何されたのであろうか。まあ良い、急ぐこともあるまい。

波止場を後にした斗南は明州城市の門をでて阿育王寺への道を辿った。


雲南流罪僧の三人のうち最後まで生きた大用が亡くなった後、僧坊には永平によって日本人僧の墓が建てられた。

（完）

# 流罪経路

大宰府
西安
開封
成都
応天府(南京)
明州(寧波)
大理
桂林
昆明
インワ(マンダレー)
広州
ペグー(バゴー)
シャム
斗南、機先、天祥、大用（大理）
椿庭、権中（成都）
演此宗　他5名

| 日本 | 明 | 西暦 | 斗南 | 使節 |
|---|---|---|---|---|
| 応安二年 | 洪武二 | 一三六九 | 通事として大宰府に来る | 明使：楊載、呉文華 |
| 応安三年 | 洪武三 | 一三七〇 | 再び通事として来る | 明使：趙秩 |
| 応安四年 | 洪武四 | 一三七一 | 渡明 | 懐良親王の遣明使：祖来 |
| 応安五年 | 洪武五 | 一三七二 | 三度通事として来る | 明使：仲猷祖闡、無逸克謹、趙秩 |
| 応安七年 | 洪武七 | 一三七四 | 応天府天界寺に幽閉される | 足利義満の遣明使：聞渓円宣、子建浄業<br>島津氏の遣明使：道幸、尤虔 |
| 永和元年 | 洪武八 | 一三七五 | | 大友氏の遣明使：霊昆 |
| 永和二年 | 洪武九 | 一三七六 | | 洪武帝が絶海中津を謁見<br>懐良親王の遣明使：廷用文珪 |
| 康暦元年 | 洪武一二 | 一三七九 | | 島津氏遣明使：劉宗秩、尤虔 |
| 康暦二年 | 洪武一三 | 一三八〇 | 胡惟庸の獄により斗南、大用、機先、天祥、椿庭、権中流罪となる | |
| 応永一一年 | 永楽二 | 一四〇四 | 斗南、大用、機先、天祥恩赦<br>鄭和と共に明州に至る | 源道義の遣明使：明室梵亮 |

[著者略歴]

**柄戸　正**（からと　ただし）

1949年　東京生まれ
1971年—73年　西ドイツ　シュツットガルト大学留学
1976年　早稲田大学理工学部修士課程卒（建築）　清水建設入社
1991年　シミズトイツ社（ジュッセルドルフ）社長
2001年　シミズヨーロッパ社（ロンドン）社長
2011年　清水建設退社

[著者作品]

■**訳書**

『対馬　日本海海戦とバルチック艦隊』文芸社（2011）
　原作「Tsushima」フランク･ティース著、ツォルナイ出版ウィーン（1957）

■**著書**

『安永の椿』万来舎（2012）
『ガリヴァーの訪れた国』万来舎（2014）
Das Band der Kamelie : Verlag Königshausen & Neumann GmbH 2015（安永の椿　ドイツ語版）
Marianne North : Biographical Portraits volume X 第4章、Sir Hugh Cortazzi と共著（ガリヴァーの訪れた国　英語版抄訳）

雲南の流罪僧

2018年5月23日　初版第1刷発行

著　者　柄戸　　正
発行者　川西　重忠
発行所　一般財団法人　アジア・ユーラシア総合研究所
　〒151-0051　東京都渋谷区千駄ヶ谷1-1-12
　桜美林大学千駄ヶ谷キャンパス3F
　Tel：03-5413-8912　　Fax：03-5413-8912
　http://www.obirin.ac.jp/
　E-mail：n-e-a@obirin.ac.jp
印刷所　藤原印刷株式会社


ISBN978-4-909663-00-9